CONTES D'EXCALIBUR

Collection « Mythologies » dirigée par
Claude AZIZA

L'« Entracte » a été imaginé par
Sylvie DEWEERDT

Alain DEMOUZON

Contes d'Excalibur

LA TABLE RONDE

Loi n° 49-956 du 16 juillet 1949 sur les publications destinées
à la jeunesse : juillet 1998.

ISBN 2-266-08100-4

AVANT-PROPOS

Pendant plus de six cents ans, à travers toute l'Europe, les hommes et les femmes du Moyen Âge s'émerveillèrent des aventures héroïques et magiques du roi Arthur Pendragon et de ses Chevaliers de la Table Ronde.

Arthur n'était qu'un enfant lorsqu'il devint roi de Bretagne après s'être emparé d'une épée plantée dans une enclume de fer posée sur un bloc de pierre. Cette épée, nul autre que le jeune Arthur ne s'était montré capable de l'arracher au fer et au roc. Ce fut l'épée de l'épreuve pour Arthur, mais ce n'était pas Excalibur.

Excalibur fut, plus tard et pour d'autres combats, l'épée magnifique du roi Arthur, celle qu'il garda jusqu'à sa dernière bataille.

Entre-temps, Arthur avait créé la Table Ronde pour y assembler à ses côtés les meilleurs chevaliers qui soient. Ils s'appelaient Lancelot du Lac, Perceval le Gallois, Gauvain, Lionel, Bohort, Galaad, Erec, Calogrenant, Girflet, Gornemant de Goort, Keu, Sagremor, Tristan, Yvain, Hunbaut, Gaheriet, Agravain, et tant d'autres bons compagnons... qui n'aimaient pas rester trop longtemps assis autour de la Table ! Car les chevaliers aimaient l'Aventure par-dessus tout, ils se devaient de partir sur la Voie des enchantements, à la quête du Graal. L'errance était leur devoir et leur destin.

Le Graal était la grande affaire des chevaliers de la Table Ronde. Perceval le Gallois fut le premier à contempler ce vase mystérieux dont il fut dit plus tard qu'il avait recueilli le sang du Christ sur la Croix. Tous les chevaliers voulurent retrouver le Graal et le château qui le protégeait, mais fort peu y réussirent : Gauvain, le parfait chevalier ; Galaad, le plus vertueux de tous ; et Bohort, dernier rempart du Royaume — qui a tenu bon malgré les siècles, comme on verra plus loin.

Entre le château de Camaalot et celui de Cardoel, résidences préférées du roi Arthur (c'est à Cardoel que fut créée la Table Ronde), s'étendait la forêt de Brocéliande. C'est une forêt féerique, le pays de Viviane, qui fut si grandement amoureuse de Merlin qu'elle tenta de le garder prisonnier à jamais, sans y parvenir. Merlin, qu'on appelait l'Enchanteur, avait le don de prophétie et celui de parler aux animaux. Son plus fidèle compagnon était un grand loup gris. Merlin se montra le conseiller habile et avisé du roi Arthur.

Dans leurs cent mille aventures, les chevaliers chevauchèrent sur tant de routes que beaucoup s'égarèrent à jamais. D'autres revinrent, triomphants ou vaincus. Mais tous souhaitaient pouvoir repartir. Alors, d'autres histoires commencèrent, des légendes nouvelles pouvaient se raconter encore, il s'en inventait chaque jour.

Un triste soir pourtant, ce fut la fin des temps aventureux. Le roi Arthur fut tué à la bataille de Salesbières, par la traîtrise de son neveu Mordred. Comme le grand roi l'avait exigé, son épée Excalibur fut jetée au fond d'un lac. Arthur fut porté sur l'île d'Avalon.

Là, parmi les pommiers, son corps en *dormition* attend le retour des chevaliers errants pour la restauration du royaume.

Depuis ce jour malheureux, nombreux sont ceux qui ont rêvé de retrouver Excalibur, épée merveilleuse du grand roi Arthur de Bretagne.

Pour tenter l'aventure, il suffit peut-être de faire un premier pas sur la Voie des enchantements, sans même s'en rendre compte, en longeant le parking de la gare, après la classe, par un soir d'automne…

N.B. — Les mots signalés par un astérisque (*) sont expliqués dans le lexique se trouvant à la fin du livre.

I

LE CHEVALIER DÉROUTÉ

Par un soir d'automne, Corentin rencontra le Chevalier Dérouté.

Le ciel était noir, avec une dernière lueur orange et bleue à l'horizon du couchant. Bientôt, il n'y aurait plus que les lumières de la banlieue pour éclairer la nuit.

Corentin quitta l'étude du soir avec le cœur très bas. Ça ne marchait pas fort, en classe, et toutes sortes de difficultés l'étouffaient. Souvent, il songeait à ses parents disparus et il les appelait, et il leur parlait dans le silence de son cœur. Il revenait de l'école en pleurant. Et il gardait les yeux clos pour écouter les bruits de la nuit.

Ce soir-là, il entendit la rumeur d'un combat lointain, le claquement de cent bannières au vent, l'écho du galop de mille armures enchevêtrées. Le choc devint alors tout proche et plus terrible... Mais Corentin reconnut le glissement d'acier d'un train qui filait vers des banlieues plus lointaines. Il rouvrit les yeux.

C'est alors que l'étrange apparition se dessina à travers ses larmes.

C'était sur le parking de la gare du R.E.R. Il n'y avait que quelques voitures, la plupart des gens étaient rentrés chez eux. Et ce que vit Corentin était un homme à cheval, vêtu d'une cotte de mailles rouillée et d'une longue tunique déchirée. Le cheval avait plié l'encolure et il cherchait du naseau un peu d'herbe sur le macadam.

Corentin voyait mal. Derrière le chevalier, le lampadaire du parking projetait une lumière acide qui maintenait l'apparition dans une pénombre incertaine. Certains détails brillaient violemment, mais bien des aspects restaient obscurs. Et c'était comme si le visage du chevalier n'existait pas.

Corentin vit pourtant deux larmes d'argent couler sur cette face d'ombre et, comme il avait lui aussi des larmes aux yeux, il avança sans crainte.

Le chevalier ouvrit la bouche comme pour parler, mais Corentin n'entendit aucun son. Il s'approcha davantage mais alors le chevalier bascula en avant, jambes raidies dans les étriers, cramponné des deux bras aux rênes et à l'arçon. Il réussit à ne pas tomber à terre, mais Corentin comprit bien qu'il s'était évanoui. Alors, il prit le cheval par la bride et le conduisit jusqu'à la cabane qu'il avait construite avec les copains, sur le terrain vague derrière le supermarché. Par précaution, il n'emprunta qu'un tout petit bout de l'avenue Charles-de-Gaulle et, après le feu tricolore, il fila aussitôt par le raccourci, le long de la voie de chemin de fer.

Quand ils furent arrivés, Corentin avait pris conscience de l'immense fatigue de la monture et du chevalier. Et il voyait bien aussi la boue séchée et le cuir usé. Attaché au troussequin* de la selle, le heaume du chevalier était tout percé, des pièces de métal battaient à chaque pas en grinçant. Le chevalier sentait mauvais.

— Il vous faudrait un bon bain, dit Corentin. Ça ne serait pas du luxe !... Mais peut-être avez-vous faim ? Il me reste des chocos du goûter et une barre aux céréales.

Corentin défit son sac à dos en nylon fluo. Il fouilla dans le désordre des livres et des cahiers. On n'y voyait goutte. Le cheval s'était mis à brouter l'herbe du terrain vague.

Le chevalier sortit de sa torpeur, avec un grand effort pour se redresser. Mais sa tête était si lourde de fatigue qu'elle basculait à chaque fois vers la poitrine.

— Vous êtes crevé ! dit Corentin. Ça serait mieux de vous allonger dans la cabane.

Pour la première fois, le chevalier fit entendre sa voix. Une voix venue du fond des temps mais pleine de vaillance et de fierté.

— Je ne puis, dit le chevalier. J'ai erré depuis tant de lunes, sans mettre pied à terre, que je crains trop de couler dans le sol, à m'y noyer ! La terre m'engloutira si je l'effleure seulement de la pointe de ma poulaine*. Elle m'avalera comme un tombeau.

— Vous voulez dire que vous n'êtes jamais descendu de cheval ? demanda Corentin. Dormir en selle, c'est possible ?... Depuis combien de temps ?

— Je ne suis plus qu'une âme perdue, une âme épuisée. J'ai mené la Quête jusqu'au plus extrême de l'univers et du temps, mais le néant approche. Chaque fois, j'ai pu fuir, j'ai réussi à lui échapper, aller plus loin. Mais c'est l'heure où le crépuscule laisse place à la nuit. La force m'abandonne. Et mon dernier souffle ira rejoindre bientôt ceux de mes compagnons, perdus sur la lande et au cœur des forêts... Où sont-ils mes beaux et doux amis, les plus vaillants chevaliers du Royaume ? M'attend-elle encore, ma dame si belle et bonne ?... Au bout de ma route, je me suis égaré cent et mille fois, prisonnier de l'errance. On me nomme le Chevalier Dérouté et déjà ne suis plus que cendre et poudre... Quel est ton nom, damoiseau ?

— Corentin, m'sieur !

— Eh bien, Corentin... prends ce cheval. Il s'appelle Beautournoi et jamais chevalier n'eut plus ferme ni plus vaillant palefroi*... Tu sais monter, au moins ?

— J'ai fait un stage de poney en classe nature...

— Prends Beautournoi et continue la Quête. Retrouve pour mon espérance le chemin du Royaume, fléchis le genou devant la Reine et rends hommage au Roi, écoute les demandes, pars pour la grande et belle aventure !

— C'est que je n'ai pas beaucoup de temps. Tatie Jeanne doit commencer à s'énerver. C'est ma tante. Elle s'occupe de moi, et c'est toute une histoire si j'arrive en retard.

— Ainsi sont les dames, Corentin. Elles ne cessent de s'impatienter du retour de leur chevalier. Mais le chevalier n'a pour valeur que l'aventure qu'il peut conter à son retour... D'abord, il faut partir !

— Ce soir, c'est vraiment pas possible. Demain, j'ai contrôle de maths et...

— Corentin, prends mon gantelet ! Il te donnera vigueur et courage, il sera ton compagnon contre les sortilèges. Tu n'es pas encore chevalier et il te faudra obtenir tes armes, trouver l'épée de ton mérite. Ce ne sera pas une mince affaire.

Le Chevalier Dérouté tendit la main gauche, la main de son cœur, et Corentin se saisit machinalement du gant de fer.

Ce n'était pas lourd, comme il s'y attendait, mais plutôt léger, l'acier était mince et bien ouvré. Mais ce à quoi Corentin ne s'attendait pas, c'était au vide qui apparut à l'extrémité du bras du chevalier, là où aurait dû se trouver sa main. Il n'y avait rien. Et Corentin frissonna, trouvant cette histoire de plus en plus dingue. Il se pencha sous le nez du chevalier, pour tenter d'entrevoir son visage. Mais il ne vit qu'un écu d'obscurité, délimité par l'ouverture du haubert*.

— Le néant, Corentin ! J'ai usé mon corps dans trop de combats. Je ne suis plus qu'une âme.

— Vous voulez dire un fantôme ?

— Je suis, pour l'éternité, le Chevalier Dérouté !

Il prononça ces derniers mots et vacilla. Cette fois, il allait bien tomber ! Corentin tenta de l'empoigner aux épaules pour le remettre en selle. Mais l'étoffe du surcot*, mangée par le soleil et les bourrasques, mâchurée par les coups reçus dans les batailles, s'effrita entre ses doigts pour s'envoler en poudre. Le chevalier tomba lourdement au sol. Mais il ne se fit aucun bruit, nul tumulte. Les pièces du harnachement se rompirent et se dispersèrent. Il n'y avait rien à l'intérieur du chevalier… Rien que le néant.

Corentin fut saisi d'une telle frayeur qu'il sauta sur le cheval et piqua des deux. Ils partirent au grand galop.

— Non ! Pas par là, Beautournoi !… Je veux rentrer chez Tatie Jeanne !

Mais le cheval s'éleva d'un bond prodigieux pardessus la voie du chemin de fer et atteignit bientôt la Forêt. Un épais brouillard les enveloppa. Corentin tirait sur les guides autant qu'il pouvait, mais Beautournoi n'en faisait qu'à sa guise. Corentin comprit l'inutilité de ses efforts. Il se laissa mener par la volonté de son palefroi, sans plus rien tenter. Le cheval se mit au pas. Ils entrèrent au plus profond des bois.

La Main de Fer

Ce soir-là, Clotilde était allée faire des courses au supermarché. Elle était satisfaite de ses emplettes et avait même gagné à un concours. Il y avait en effet un vieil homme à barbe blanche avec un micro, qui posait des énigmes du genre : « Il règne, mais elle gouverne. Elle peut aller partout pour sauver celui qu'elle aime, aux quatre frontières de son univers. Qui est-elle ? »

— La dame ! Au jeu d'échecs ! avait crié Clotilde.

Et elle avait gagné un échiquier électronique.

En sortant du supermarché, Clotilde aperçut des ombres du côté de la cabane des garçons. Il lui sembla reconnaître le sac à dos fluo de Corentin et, plus étrange, la silhouette inattendue d'un cheval et d'un cavalier. Elle eut envie d'en savoir plus et s'enfonça dans la nuit du terrain vague.

Quand elle arriva devant la cabane, il n'y avait plus personne. Il n'y avait que des cochonneries éparpillées, des morceaux de vêtements, des bouts de cuir et de ferraille. Et le sac de Corentin.

— Corentin ? Tu es là ? cria-t-elle dans l'obscurité.

Seul le vent du soir lui répondit, courbant méchamment les herbes folles et secouant les bras griffus des ronciers.

Clotilde n'était pas trop rassurée. Elle prit le chemin du retour.

Mais son pied buta sur une gamelle au son étrange, comme celui d'une clochette.

Clotilde sursauta : elle avait cru apercevoir une main de fer !

Quelque chose lui disait de s'enfuir, et quelque autre chose lui donnait envie d'en savoir davantage. Elle se pencha, puis s'agenouilla. C'était bien une main de fer !

— On dirait un gantelet de chevalier, dit-elle tout haut dans le noir, pour se donner du courage.

Elle ramassa le curieux gant de métal et fut surprise de le trouver si léger. Sans réfléchir, elle l'enfila à sa main.

Aussitôt, une force terrible s'empara de son poing et l'entraîna. Une bourrasque couleur d'étoile tournoya autour de son corps, scintillante et glacée. Le doigt du gantelet était tendu vers le petit bois derrière le R.E.R., là où Clotilde et Corentin avaient vécu bien des escapades et des aventures de petite enfance. Et Clotilde se trouva emportée vers ce bosquet qu'ils s'amusaient à appeler « la Forêt ». Elle eut l'impression de glisser à la surface d'un lac.

Et elle crut que sa robe s'allongeait jusqu'à toucher ses pieds mignons.

Et elle sentit que ses blonds cheveux se dénouaient et ruisselaient sur ses reins.

Jusqu'à ses pieds nus.

Jusqu'au bas de la longue robe de ciel et de brume qui ondulait autour d'elle en vagues douces.

Jusqu'au pays de Brocéliande, qui est la forêt des fées et des sortilèges. Et où les enchantements la conduisirent.

Les Trois Compagnons de Camaalot

Il y avait bien longtemps que les chevaliers de la Table Ronde s'étaient dispersés de par le vaste monde. Nul n'en était revenu. La cour du grand roi Arthur de

Bretagne se morfondait d'absence et d'ennui. Un vent de cave, humide et glacé, gémissait ou hurlait dans les couloirs désertés. La pierre des murailles s'effritait et pleurait. Par les plafonds crevés, s'engouffraient des vols de corneilles jacassantes, qui croassaient aux quatre ciels les exploits des légendes anciennes que plus personne ne savait écouter. Le château de Camaalot, autrefois si vif, n'était plus qu'un tombeau vide.

Un jour, un jeune garçon vêtu de manière étrange sortit du bois, monté sur un palefroi qu'il semblait bien incapable de conduire.

Trois rustauds, qui s'affairaient dans les ruines, s'arrêtèrent dans leur travail. Ils se mirent à ricaner et à se moquer.

— Regarde un peu celui-là, qui ne sait pas mener sa monture ! gronda d'une voix caverneuse celui qu'on nommait Gravillon (bâti comme une montagne, solide comme un roc, il avait le teint plâtreux et un regard de marbre, lisse et glacé).

— Holà, beau cavalier ! Ne serais-tu pas mieux à ton aise à garder les oies et les moutons ? demanda Mauplantu. (C'était un bossu aux membres noueux comme des sarments, au nez bourgeonnant, aux grosses mains moussues.)

— Il est de mauvais usage de voler un cheval de seigneur, quand on n'est qu'un va-nu-pieds, un dénicheur de pies, un vilain petit maraud ! grogna Lahure à travers ses dents jaunes et aiguisées. (Il avait un œil fixé vers le ciel et l'autre vers la terre, et ses cheveux et ses sourcils lui faisaient comme une crinière de sanglier.)

Corentin essayait de toutes ses forces de diriger Beautournoi vers les trois hommes étranges, mais le cheval dévala droit jusqu'à la poterne du château. Le pont-levis était écroulé et pourri. Alors, le palefroi s'arrêta droit sur ses quatre membres, comme s'il était de bois ou de fer.

— C'est quoi, ce château pourri ? demanda Corentin.

Mais les trois affreux continuaient à se moquer de lui. Ils approchèrent en se donnant des coups de coude et en riant par en dessous. Quand ils furent tout près, la tenue de Corentin parut les intriguer.

— Quelles étranges chausses vous portez ! fit remarquer Lahure.

— C'est un *jean*.

— Un djinn ?... Reviens-tu des Croisades ?

Les trois hommes se signèrent, car le djinn est un génie souvent démoniaque des légendes arabes. Et bien des chevaliers en avaient rapporté les exploits féroces, à leur retour de Terre Sainte.

— Je ne sais pas trop d'où je viens, dit Corentin. De ce bois, sans aucun doute. Mais, pour le reste, c'est comme si bien des choses s'étaient effacées en moi. Je crois venir de très loin et d'ailleurs. Mais tout s'évapore comme une rosée au soleil d'été.

— Pas étonnant ! ricana le bossu. Ce bois, c'est la Forêt d'Oubli...

— ... Et quiconque la traverse met sa mémoire en danger, gronda le géant au teint de pierre. L'endroit est si compact et ténébreux qu'on y perd son chemin et sa vie.

— C'est peu de chose, vraiment, de n'y égarer que ses souvenirs ! dit en conclusion le loucheur hirsute.

Corentin comprit alors que Beautournoi lui avait sauvé la vie, alors qu'il le croyait jusque-là stupide et entêté. Il caressa la crinière du cheval et le flatta à l'encolure.

— Beautournoi, le vaillant, m'a conduit sur un bon chemin, dit-il. Je m'appelle Corentin.

Les trois compagnons ôtèrent leurs bonnets et saluèrent bas, comme s'ils étaient à la cour du roi et portaient chapeau à plumes.

— Gravillon, pour vous servir, mon doux seigneur !

— Mauplantu, s'il plaît à votre altesse !

— Lahure, votre humble et dévoué valet, beau sire !

Et Corentin voyait bien qu'on se moquait encore de lui. Mais il lui fallait essayer de comprendre ce qui était en train de lui arriver. Ça n'était pas facile. Il se sentait devenir tout à fait sot. Au fond, il se moquait bien des moqueries !

— Et ce château, puis-je en savoir le nom ?

Les trois bonshommes tournèrent le dos aussitôt. Ils filèrent là où leur travail s'était arrêté. Corentin, un instant désemparé, mit pied à terre.

Gravillon fut le plus facile à retrouver. Il faisait grand fracas en abattant d'un coup de poing des pans de muraille. Et il se mit à en charger les moellons sur un tombereau.

— Ce qu'il faut bien comprendre, grommelait-il d'une voix rocailleuse, c'est que le péril serait grand de déraciner les pierres d'en bas. Et que le danger serait aussi de prétendre décapiter les pierres d'en haut !

Corentin suivit le regard du géant : les pierres de fondation tenaient bon dans la terre, comme les dents dans la bouche. Et les pierres des créneaux et des tours pointues flottaient dans l'air comme par magie, sans qu'il n'y ait plus de mur pour les soutenir.

— Les pierres d'en bas sont les fondations du Royaume, continua Gravillon, comme se parlant à lui-même. Et les pierres d'en haut en sont le couronnement, elles sont le signe de la gloire et de la puissance du bon vieux roi de notre beau château de…

— Oui ! s'enthousiasma Corentin. Quel est son nom ?

À ces mots, Gravillon disparut instantanément. Corentin poussa un soupir. Il se dirigea vers Mauplantu, qui s'appliquait à arracher des arbres dont les troncs jaillissaient sur les murailles et dont les racines se tortillaient comme des serpents en faisant éclater la pierre.

— Ce qui a servi un jour, et ne peut plus servir — ânonnait Mauplantu — doit servir à autre chose... à autre chose. C'est loi de nature... nature. Ce qui meurt donne une autre vie... autre vie... Ainsi en advient-il de notre beau château... château.

— Mais comment s'appelle-t-il... t-il ? insista Corentin.

Alors le bossu fut immédiatement invisible.

— Je crois bien que voilà une question qu'il ne faut pas poser ! se dit Corentin en rejoignant Lahure.

— Il ne faut jamais oublier la terre mais toujours regarder vers le ciel, dit l'homme sanglier qui louchait si fort dans l'une et l'autre direction.

Il furetait dans les pierres et les broussailles, tenant une cage dans chaque main. Dans l'une des cages, des petits animaux au corps long et souple se poursuivaient en tournoyant les uns sur les autres.

— Les hermines sont la parure du manteau royal et la bannière de Bretagne*, dit Lahure. Mais les corneilles en sont les filles perfides !

Corentin dénombra neuf corneilles perchées sur la barre centrale de la deuxième cage. D'habitude si bavards et jacassants, les oiseaux se tenaient côte à côte, sans un cri, comme endormis.

Lahure trouva d'autres hermines, fines et bien vivantes, dans les pièges qu'il avait installés ici et là. Mais sa joie fut immense en découvrant une dixième corneille prise au trébuchet. Il la détacha avec habileté et ouvrit la porte de la cage.

Alors tous les oiseaux se précipitèrent, criaillant, battant des ailes et piquant du bec les doigts du trappeur. Lahure lâcha prise. La porte claqua. Une corneille s'était échappée, sans qu'on puisse dire si c'était la dernière prise ou une ancienne captive.

— C'est toujours ainsi ! s'emporta Lahure. Il m'en manque toujours une pour être certain que Morgane est bien là, avec ses neuf sœurs !

Corentin faillit crier : « Morgane ?! La fée, la magicienne ? La demi-sœur du roi Arthur ?! »... Mais il se tint coi et sans voix, comme une corneille en cage.

Et, comme il sut se taire et ne point poser de question interdite, Lahure continua son discours.

— C'est que la Morgane tient Arthur dans son île d'Avalon, qu'on appelle aussi l'Île des Pommiers... Et elle voudrait bien — la Morgane — tenir aussi ce château sous son emprise, à jamais. Au cas où... Car une antique prédiction dit qu'un jeune damoiseau inconnu viendra un jour du Pays d'Ailleurs pour restaurer le Royaume. Alors, Mauplantu arrache les pommiers sauvages qui poussent dans les fissures des murailles ! Et moi, je tente d'encager ces dix corneilles qui ne sont que les métamorphoses de Morgane et de ses neuf sœurs... Mais toujours, il m'en manque une !

— Et Gravillon ? demanda Corentin.

Il se mordit les lèvres aussitôt, craignant que sa question ne fasse évaporer Lahure. Mais rien de tel n'arriva.

— Gravillon cherche le perron.

— Le perron ?

— Cette pierre carrée qui sert d'escabeau aux cavaliers pour se mettre en selle... Or, ne sais-tu pas que le roi Arthur, alors qu'il n'était qu'un enfant, fut seul capable de sortir une épée plantée dans une enclume posée sur un perron ?

— Je sais cela ! Et c'est ainsi qu'Arthur, fils d'Uterpendragon, devint roi de Bretagne, roi du royaume de Logres. Plus tard, il institua la Table Ronde où siégèrent tant de preux chevaliers.

Lahure retroussa ses babines sur ses dents tordues comme des défenses.

— Tu sais bien des choses pour un freluquet tout juste sorti de la Forêt d'Oubli !

— Ça, je ne l'ai pas oublié !... Mais je ne sais plus grand-chose du pays d'ailleurs d'où je viens.

Lahure salua ces dernières paroles par un grondement de sourde méfiance.

— Soit... Eh bien, Gravillon cherche le perron qui, selon la légende, serait enchâssé dans les murs du château de Camaalot. Si nous le trouvons, peut-être l'enclume sera-t-elle là aussi, ainsi que l'épée ?

Corentin était bien stupéfié.

— Ce château pourri, là, c'est Cam...

— Silence ! Tu ne peux prononcer ce nom ! Ta parole effacerait encore quelques pierres, quelques ombres... Quand ton heure sera venue, ta parole pourra recréer Camaalot... Si tu en es digne !

Corentin entendit alors le vent chanter. Et le vent avait la voix du Chevalier Dérouté : « Continue la Quête. Retrouve pour mon espérance le chemin du Royaume... »

— Je suis en route pour rendre hommage au Roi et fléchir le genou devant la Reine ! clama fièrement Corentin. Et me voilà aux portes de Camaalot !

À ces mots, les pierres du plus haut donjon se fendirent et craquèrent, les dernières tuiles d'ardoise giclèrent de tous côtés comme des lames tranchantes, les créneaux s'éboulèrent, la terre trembla. Beautournoi se cambra en hennissant dans la poussière.

— Insensé ! cria Lahure. Es-tu fol ? Ne t'ai-je point dit de garder le silence sur ce nom ?!

Gravillon et Mauplantu accoururent avec effarement.

— Est-ce lui ? demandèrent-ils d'une même voix. Celui qui doit venir du Pays d'Ailleurs ?

— Je crains que oui ! soupira Lahure.

Les trois malfoutus regardèrent Corentin avec consternation.

— Il n'est pas bien gros, dit Gravillon.

— Il a bien un cheval, mais ne sait pas le conduire, dit Mauplantu.

— Et il n'a pas d'armes, dit Lahure. Quel beau chevalier, en vérité !

Corentin serra les poings.

— Qu'importe ! Ce qui me manque, je le trouverai !... En attendant, je vais vous aider !

Disant ces mots, Corentin aperçut la dixième corneille perchée au sommet d'un arbre. Il courut, en ramassant des pierres, prêt à tenter n'importe quoi.

— Non ! lui crièrent les trois compagnons. Ne va pas à cet arbre toujours vert ! C'est un if ! Son ombre est mortelle, car il se nourrit du sang des morts enterrés à ses pieds !

Mais Corentin n'écoutait pas. Il jeta ses pierres mais manqua la corneille, qui resta immobile au faîte de l'arbre, comme indifférente. Pourtant, son œil était vif et fureteur.

Corentin grimpa dans l'arbre. Ce n'était pas facile, à cause des branches très fines et très serrées. Et quand il fut presque au sommet, l'arbre bascula dans un grand fracas.

Corentin se retrouva à terre. Il se releva prestement et vit que l'if renversé tenait entre ses racines une grosse pierre carrée.

— Le perron ! cria-t-il avec joie. J'ai trouvé le perron du grand roi Arthur de Bretagne !

Mais ce qu'il ne remarqua pas immédiatement, ce fut le dragon qui dormait depuis des siècles au fond du trou mis au jour par l'arrachement de l'arbre et de la pierre. Un dragon dont la moitié du corps était rouge comme sang et l'autre partie blanche comme neige. Le monstre s'éveilla en fulminant et glatissant.

Sandragon

Dans la Forêt d'Oubli, une forme blanche avançait dans les profondeurs obscures. Elle glissait comme à la surface d'un lac gelé. Le bois mort ne craquait pas à son passage. L'herbe folle n'était pas piétinée.

En arrivant à la lisière, cette apparition perdit sa lumière et devint une petite fille à la robe de ciel et de pluie. Longs cheveux de blé et de soleil. Pâle sourire rose de jeune fée venue de Brocéliande, et sachant désormais les étranges et terribles secrets.

Les ruines du château de Camaalot ruisselaient d'or et de sang dans les lueurs du couchant. Alors, le dragon se déploya du fond d'un trou couleur d'encre. Il décolla et agita ses ailes de chauve-souris immense. Et une ombre de nuit cacha le soleil. Le dragon tortilla son cou de serpent et cracha un jet enflammé.

— Je te vois, toi qui craches la foudre ! cria la fée. Et c'est pourquoi on t'appelle la Bête Fulminante !

Le monstre déroula et enroula sa queue d'écailles, frappant le sol de pierre et poussant de formidables cris de rapace géant.

— Je t'entends, toi qui hurles comme un aigle ! Et c'est pourquoi tu es nommée la Bête Glatissante !

Corentin, recroquevillé de terreur, se tenait pétrifié au bord du trou fatal. Il se dit : « Ce sera là mon tombeau. Ou dans le ventre de la Bête… Ou peut-être ne serai-je qu'une flamme envolée vers le ciel ?… Si seulement j'avais une arme pour me défendre ! »

À cet instant, une jolie demoiselle fut à son côté. Et c'était comme si elle avait lu dans ses pensées.

— Tu as une arme, dit-elle en cognant de l'ongle sur le gantelet que Corentin avait toujours sur sa main gauche. Il faut en user !

— C'est le gantelet du cœur, dit Corentin. Il n'a d'effet que sur les sortilèges. Ce dragon est-il un sortilège ?

La fée prit la main de Corentin et l'éleva lentement vers le soleil.

Alors, les rayons de l'astre flamboyant rebondirent sur l'acier du gantelet et allèrent frapper le dragon à la gueule.

— Écoute-le glatir, vois comme il fulmine ! Ce dragon n'a pas vu la lumière depuis des siècles, et ton soleil l'aveugle et le fait souffrir.

Corentin avait compris. Il s'efforça de bien concentrer les rayons du soleil dans sa paume. Il les renvoya décuplés dans l'œil du dragon.

— Laser ! criait-il. Laser !

Et c'était sans savoir d'où lui venait cet étrange cri de guerre. De ce Monde d'Ailleurs, sans doute, dont il lui restait si peu de souvenirs après la Forêt d'Oubli.

Le dragon se débattait et vacillait pour échapper au rayon. Mais, soudain, le soleil bascula derrière les collines et la Bête se redressa dans la pénombre.

— Ce dragon n'est pas un sortilège ! C'est un bon et vrai dragon !

— Alors prends ceci ! dit la fée, en glissant la main droite de Corentin dans l'autre gantelet qu'elle tenait avec elle. Et que la force soit en toi !

Corentin sentit immédiatement l'effet de la puissance. Il se voulut chevalier et eut honte de combattre à pied. Il appela Beautournoi et se mit en selle. Mauplantu lui tendit une badine.

— C'est du bon if anglais, le meilleur à faire les arcs... mais nous n'avons pas eu le temps de courber un arc !

— J'en ai rogné et aiguisé la pointe avec mes dents, dit Lahure. Aussi vite que possible !

— Et moi je l'ai polie pour la rendre solide et ferme comme une épée de pierre, dit Gravillon. Sois sans crainte !

Corentin chargea. Ou plutôt, ce fut Beautournoi qui, une fois encore, n'en fit qu'à sa tête. Il avait dû se trouver bien des fois nez à nez avec un dragon, et savait comment s'y prendre. Corentin se contenta de pointer la baguette en bois d'if au bout de son poing ganté. Et il hurla à pleins poumons :

— Laaaseeerrr !

Fulminant et glatissant, le dragon eut un recul, souvenir des brûlures reçues à l'œil chaque fois qu'il avait entendu ce cri.

Ce mouvement lui fut fatal. Car il dégagea ainsi les écailles qui protégeaient son cœur, et Beautournoi manœuvra en sorte que la badine de Corentin s'enfonça juste en cet endroit, poing et gantelet compris.

Un flot de sang vermeil submergea cheval et cavalier. Un torrent de lymphe couleur de neige étouffa le feu du dragon, en lui coulant par la gueule et les naseaux. Quand la Bête s'écroula morte en faisant trembler la terre jusqu'à Jérusalem, les trois compagnons des ruines s'en vinrent relever Corentin. Ils l'applaudirent et le félicitèrent.

— Voici tes armes, bel écuyer, lui dit la fée.

Corentin ne comprenait pas.

— Tu auras sur ton blason le sang rouge et le sang blanc du dragon. Ce seront tes armoiries, tes armes héraldiques*, le signe par lequel on te reconnaîtra. Te voici toi-même moitié sang et moitié neige, comme fut le dragon !

— Mon *jean* est foutu, et mon *sweat* pareil ! murmura Corentin en se regardant dans le miroir de son gantelet.

Mais il n'en fut pas réellement affligé.

— Au fond, dit-il avec excitation, ça n'est pas si difficile de combattre et de vaincre un dragon ! Ça m'amuserait bien de recommencer.

Gravillon, Lahure et Mauplantu se donnèrent des coups de coude en ricanant. Et Corentin comprit qu'on se moquait de lui une fois encore.

— Ne sois pas impétueux ni vaniteux, dit la fée. Si tu le veux, tes combats ne font que commencer…

— Je le veux ! répondit Corentin sans hésiter.

— Accorde-moi un don.

— Un don ?

Corentin se tourna vers le trio des rustauds.

— Tu ne peux refuser, dit Lahure.

— C'est la règle, dit Mauplantu.

— Oui, c'est l'usage, confirma Gravillon.

Alors Corentin mit genou à terre devant la demoiselle inconnue.

— Ce que tu veux, je te l'accorde.

— Ton gantelet du cœur est mon plus cher désir.

Corentin aurait préféré se dépouiller d'autre chose, mais il n'hésita pas. Il enleva les deux gantelets et les tendit.

— Garde le gantelet de la force, c'est mon don, dit la fée. Maintenant, va prendre ton épée.

— Mon épée ?

Elle montra de son joli doigt la profondeur ténébreuse où le dragon avait eu son nid. Et, dans le creux de la terre noire qui gardait l'empreinte du corps de la Bête Fulminante et Glatissante, Corentin vit luire la croix d'acier bleu d'une épée magnifique.

— C'est pour moi ?

— Ne l'as-tu pas méritée ?

Corentin sauta dans la fosse. Il prit l'épée. Et il sentit aussitôt une force plus grande encore, qui faisait vibrer son poing de fer et son bras d'enfant. Et, alors que le soleil était passé de l'autre côté des mers lointaines, un rayon céleste tomba des nuées pour étinceler à la pointe de sa lame.

— Voici Sandragon, la superbe, ta compagne dans les combats, dit la demoiselle. Mais qu'autre que moi t'apprenne droiture et chevalerie.

— Quel est ton nom, belle inconnue, ma mie ? demanda Corentin dans l'extase.

— D'aucuns me nomment la Demoiselle au gantelet... D'autres me disent Clotilde la fée.

— Clotilde ?!... Comme... comme...

Trois rides soucieuses barraient le front de Corentin. Il cherchait dans sa mémoire quelque chose de tout proche, et qui lui échappait.

— Il est temps encore de repartir vers ce que tu cherches et qui te manque, dit Clotilde. Il suffit de retraverser la Forêt d'Oubli.

Corentin regarda en arrière, et quelque chose se serra dans son cœur, une voix lointaine l'appela, mais ce n'était peut-être que le vent dans les bois noirs. Il se retourna vers les ruines de Camaalot.

— Alors, dit Clotilde. Si c'est ainsi, tu peux commencer la Quête. Tu as gagné le droit d'entreprendre l'aventure.

Corentin était remonté en selle et ses yeux ne quittaient plus la poterne du château. Devant lui, il brandissait Sandragon, la fière épée.

Et tandis qu'il avançait, le cœur empli de la crainte et du bonheur de la Quête, Clotilde éleva lentement les mains vers le ciel de crépuscule où les anges chantaient.

Et elle ferma les paupières avec douceur.

Et ses lèvres prononcèrent, sans qu'on puisse les entendre, les paroles nécessaires.

Alors, les pierres du vieux château s'assemblèrent, se choquèrent et s'emboîtèrent. Les murs abattus se mirent debout. Des toitures d'ardoise fraîche vinrent couronner les tours rondes. Et le pont-levis manquant fut rebâti par enchantement.

Corentin, tout fier, voulait croire une fois encore que c'était par sa seule vaillance qu'il restaurait ainsi Camaalot. Mais, dans son dos, les ricanements moqueurs des trois gargouilles l'avertirent de n'en rien croire.

Il franchit alors le pont sans se retourner et disparut dans l'ombre froide de la poterne. Au-delà, l'attendaient d'autres prouesses, et bien des sortilèges.

Et si les anges des nuées chantaient pour l'encourager, c'était bien la moindre des choses.

II

LA TABLE DÉVASTÉE

L'ombre de la poterne était obscure et glacée. Beautournoi, le fier cheval, renâcla et frissonna. Tous ses muscles s'ébrouèrent en vagues sous sa robe couleur d'acier.

— Avons-nous à craindre ? demanda Corentin à l'oreille du palefroi.

Mais Beautournoi avançait d'un pied ferme. Et c'était comme si cheval et cavalier s'enfonçaient dans la nuit. La poterne n'avait plus seulement l'épaisseur de la muraille. Elle semblait s'étirer par maléfice. À chaque pas, elle devenait plus longue et plus étroite. Une interminable galerie. Un couloir sans fin. Tout au bout, très loin, un soleil aveuglant découpait une issue en forme d'arceau.

« Pourtant, se dit Corentin, le soleil vient de se coucher à l'instant même derrière la Forêt d'Oubli… Aurait-il déjà fait un tour entier ?… Ou avons-nous marché le temps d'une nuit ? »

Il se souvint du chevalier qui avait cheminé des siècles dans l'errance sans jamais descendre de monture. Et il comprit qu'on pouvait traverser le sommeil et le temps comme une obscurité, sans prendre garde à la fatigue. Il suffisait d'avancer vers la lumière.

Corentin chevauchait au pas voulu par Beautournoi, et dans le plus grand calme intérieur. Autour d'eux virevoltaient des chauves-souris. Des rats aux yeux rouges criaillaient avant de s'enfuir. La voûte résonnait des lourds chapelets de gouttes tombant et clapotant dans des flaques invisibles. Il semblait à Corentin que la porte courbe reculait à mesure qu'ils avançaient.

Pourtant, ils arrivèrent au bout. Ils sortirent dans la lumière.

Un grand loup gris sur son séant paraissait les attendre.

Beautournoi se cabra en hennissant, ses sabots frappèrent le sol en étincelant. Mais le loup gris ne broncha pas, si ce n'est ses oreilles qui s'aplatirent le long de sa gueule fière. Et Beautournoi comprit ce langage. La peur l'avait quitté.

Le loup se leva. Il gardait les yeux fixes. Des yeux jaunes fendus de noir émaillé. Ses mâchoires étaient closes comme sur une parole de connaissance et de sagesse enfermée en lui. Il se leva et tourna le dos, il partit pour montrer un chemin. Beautournoi suivit docilement.

Ils arrivèrent devant un perron. C'était celui du château de Camaalot — lui sembla-t-il —, mais nulle épée n'y était plantée dans une enclume. Et le château, que Corentin toisa effrontément des douves aux donjons, n'était que ruines.

— N'ai-je pas reconstruit les murs et les créneaux par ma vaillance ? s'étonna Corentin. N'ai-je pas tué le dragon de sang et de neige pour que les ardoises des tours volent des quatre vents pour se poser sur les toitures comme des corneilles empressées ?

Alors, il entendit un triple rire moqueur gifler son dos comme un courant d'air. Les voûtes de la poterne firent résonner l'avertissement que les puissances cachées voulaient lui donner.

« Ce château est-il bien celui que je viens de quitter ? » se demanda Corentin.

Clotilde la fée l'avait pourtant averti des sortilèges et des aventures. Pourquoi s'étonnait-il ?

Beautournoi s'était arrêté devant le perron. Le loup attendait en haut des marches d'un grand escalier.

— Je ne mettrai pas pied à terre ! décida Corentin.

Et il guida son cheval vers la rampe cavalière qui permettait aux hommes à cheval de pénétrer dans le palais avec leur monture.

En des temps anciens, c'était chose admise, et parfois commune, si la noblesse du rang vous y autorisait. Et ce qu'on appelait *palais* n'était qu'une grande salle à l'intérieur du château. La plus vaste et la mieux ornée des salles. Celle où se tenaient les banquets et les assemblées.

Bohort, fils de Bohort

Or donc, Corentin se présenta à cheval dans le palais. C'était une très vaste chambre de pierre, haute comme une cathédrale mais dont les arches du plafond s'étaient effondrées. Des dalles brisées pointaient du sol comme des rocs aigus, des fougères scolopendres poussaient en touffes dans les recoins mouillés. Tout au fond, là où le loup était allé s'accroupir à nouveau, une silhouette s'appuyait sur la longue hampe d'une lance brisée.

Corentin pensa qu'il s'agissait d'un mannequin. Une armure vide, emmitouflée dans une pelisse couleur de brique dont le capuchon masquait une figure sans visage.

— Est-ce toi, Chevalier Dérouté ?

Les flammes d'un feu maigre qui charbonnait dans une cheminée, elle aussi immense et glacée, s'éveillèrent et crépitèrent. Corentin aperçut une moustache de neige, des cheveux drus emmêlés en broussaille, des yeux fauves dans un visage creux, taillé de cicatrices, bruni comme cuir.

— C'est toi, Merlin l'Enchanteur ?... C'est ton loup qui m'a mené jusqu'ici ?

Une voix qui cherchait à être pleine de force malgré la trahison des saisons et des siècles se fit entendre comme un vieux bois qui craque :

— Je ne suis pas Merlin !... C'est son loup gris, en effet. Je suis Bohort, fils du roi Bohort de Gaunes, frère du roi Ban de Benoïc qui fut le père de Lancelot, mon doux cousin. Qui es-tu, toi ?

— Bohort ?! Messire, n'est-ce pas vous qui, comme Perceval et Galaad, avez vu le Graal, le vase sacré où fut recueilli le sang du Christ sur la Croix ?

— Qui peut dire ce qu'est le Graal ?... Qui es-tu, dis-moi ?

— Corentin.

— Quel Corentin ?

— Heu... Je ne sais... C'est perdu...

Corentin cherchait son nom, mais la Forêt d'Oubli l'avait gardé. Pourtant, il avait bien eu un nom dans le Pays d'Ailleurs, l'Outre Monde dont il venait et dont il gardait encore des souvenirs en fragments. Il cherchait son nom sans pouvoir le trouver.

— Tu n'es qu'un Corentin sans rien ! dit la voix sous la cape. Tu n'es qu'un Gallois ! (Ainsi appelait-on les valets de ferme, les palefreniers qui s'occupaient des chevaux d'un seigneur et qui venaient bien souvent du Pays de Galles.) Descends-moi vite de ce palefroi !

La voix était sans réplique. Corentin préféra s'exécuter.

— Quelle est ta terre, ton domaine ?

Corentin fronça les sourcils pour mieux réfléchir.

— Perdu aussi ? ironisa la voix de Bohort. Perd-son-nom ! Perd-son-lieu !

— Je viens de banlieue ! dit Corentin, sans trop savoir ce que cela voulait dire.

Mais Bohort sembla comprendre. Car *banlieue* est un mot très ancien qui désigne un territoire d'une ou quelques *lieues* autour d'une ville et sur lequel s'étend le *ban*, c'est-à-dire le pouvoir d'un seigneur ou d'une municipalité. Celui qui était *banni* n'avait pas le droit de pénétrer sur ce territoire.

— De quel ban ? À combien de lieues ?

— Je ne sais pas.

— Corentin de Perd-banlieue ! Voilà un plaisant blason pour un damoiseau sans nom ! ricana le vieil homme épuisé.

Le rire qu'il voulait caverneux et plein d'importance majestueuse dégénéra en une toux sèche et douloureuse. Corentin se rendit compte alors de l'extrême ancienneté du vieux chevalier, et il fut conscient de l'effort accompli pour se tenir ainsi, droit et fier. Il s'approcha de Bohort et lui offrit son bras pour le conduire auprès du foyer.

Bohort posa sa main froide sur le gantelet de Corentin et, immédiatement, sembla s'en trouver mieux.

— C'est le gantelet de la force ! expliqua Corentin.

— Me voilà conduit au coin du feu comme une pucelle* à son premier bal, comme une vieille à son prie-Dieu !... Moi qui fendis cent chevaliers félons* d'un coup unique de mon épée sans faille ! Moi, Bohort, dont le nom faisait frémir les méchants... Maintenant, c'est moi qui tremble. Et ce n'est pas seulement froid et faiblesse, mais la peur aussi d'être le dernier... Vois-tu, Corentin de Perbanlieue, j'ai mis en terre tant de doux et beaux compagnons... J'ai fermé leurs yeux au soir des combats... Lancelot du Lac et Galehaut des Îles Lointaines reposent flanc contre flanc en leur tombeau de la Joyeuse Garde, la reine Guenièvre s'est endormie à jamais dans le monastère qui fut son refuge, et le grand roi Arthur... est-il toujours en Avalon ?

— Mais oui, mon seigneur ! dit Corentin avec exaltation. Et j'irai devant lui fléchir le genou. Ne craignez rien ! J'ai rencontré un chevalier comme vous, qui n'avait plus de visage et se désespérait d'être le seul et le dernier. Il vous ressemblait, vous êtes de la même génération... Mais peut-être y en a-t-il d'autres, ailleurs, perdus de par le vaste monde ?... Oui, sûrement. Qui peut savoir s'il est le dernier ? Et puis, je suis là, moi !

Bohort se frotta les mains au-dessus des flammes. Il secoua la tête.

— Tu n'es pas bien gras ! Tu as des muscles de poulet et une figure de Gallois.

— Perceval aussi n'était qu'un Gallois ! Et malgré les moqueries, sa vaillance et son cœur pur lui ont mérité de connaître le Graal.

— Tu me sembles bien connaître l'histoire de nos chevaliers.

— J'ai lu des bouquins, et des B.D. aussi, et puis j'ai vu un film à la télé...

Mais Corentin s'arrêta, car il ne comprenait rien lui-même à ce qu'il racontait.

Bohort poussa un soupir. Il songeait à autre chose.

— Viens, Corentin ! Mène-moi au bout de ce couloir... Et toi, le loup, reste couché... Allez, au pied !

Le loup se réinstalla devant l'âtre, paisiblement, sans renoncer à sa majesté sauvage.

— Ce pelé ! Ce galeux !... Enfin... il me tient compagnie.

— C'est un loup superbe et généreux, s'insurgea Corentin. C'est le compagnon de l'Enchanteur Merlin.

— Maintenant, c'est le mien. Et Merlin m'a bien oublié. Il nous a tous oubliés... On dit qu'il s'est retiré en ermite dans ce qu'il appelle son esplumoir*, une maisonnette perdue dans la forêt. Mais d'aucuns prétendent qu'il serait toujours prisonnier d'amour de la fée Viviane et qu'elle le tient en *enserrement* dans un cercle invisible que nul ne peut franchir, quelque part en Brocéliande.

— Moi, dit fièrement Corentin, je connais une fée de Brocéliande. Clotilde, elle s'appelle.

Bohort regarda Corentin malicieusement.

— Dans ce cas, te voilà le plus heureux et le plus menacé des hommes. Quand une fée est amoureuse, elle est prête à tout pour son galant... sauf à lui laisser la liberté !

— Est-ce pour ça que tant de chevaliers ont fui dans l'errance sur autant de chemins ? demanda Corentin avec une inquiétude soucieuse.

Bohort voulut rire de la remarque mais son rire, une fois encore, se changea en toussotement pénible.

Ils arrivèrent au bout du couloir. Bohort cessa de s'appuyer sur le gantelet de Corentin. Il mit tout son poids sur la lance brisée qui lui servait de bâton de marche. Il fit jouer un déclic dans la muraille.

Alors, un bruit de chaînes gronda des profondeurs. Le mur se fendit et un rideau de lierre se déchira. Deux battants d'une porte monumentale s'ouvrirent sur une salle obscure d'où s'échappa un vent glacé qui sifflait comme mille serpents.

— On voit que dalle ! se plaignit Corentin. Ça sent le renfermé, le moisi. Faudrait aérer plus souvent.

Bohort étendit le bras qui tenait la lance brisée. Aussitôt, des mains d'or, d'argent et de pourpre sortirent des murailles en brandissant des torches et des flambeaux.

— Corentin, voici la Table ! proféra sourdement Bohort. Ici siégèrent les plus valeureux chevaliers de nos royaumes. Ici se trouve la Table Ronde immortelle !... mais néanmoins dévastée.

Corentin n'en croyait pas ses yeux : il était certainement le seul jeune garçon jamais venu de banlieue pour contempler la Table Ronde !

— La Table est ronde comme est ronde la Terre, comme est circulaire l'univers, continua Bohort. Chacun peut s'y asseoir sans préséance, sans qu'aucun puisse dominer sur aucun, sans que nul ne puisse se dire relégué ou désavoué. La Table est égale pour tous, et partout où la chevalerie a sa place, que ce soit en terre païenne ou chrétienne, ses membres viennent à la Table Ronde. Tous sont à même distance de son centre. Ceux qui ont la grâce d'y prendre place s'estiment plus comblés que s'ils avaient le monde entier en leur possession.

La Table était en pierre épaisse, et couverte d'une poussière très épaisse aussi. Des gravats la submergeaient par endroits, des fissures profondes la zébraient

— dans lesquelles s'accrochaient les racines recroquevillées de plantes malfaisantes. La Table était dévastée, en effet. Et Corentin ressentit dans son cœur tout le dépérissement du Royaume.

Autour de la Table, des sièges de pierre à hauts dossiers portaient des noms gravés dont certains restaient lisibles. Corentin fit lentement le tour, en déchiffrant d'une voix émue :

— *Yvain... Lionel... Galaad... Arthur Pendragon... Perceval le Gallois... Blandin de Cornouaille... Gaheriet d'Orcanie... Agravain... Gauvain... Hector des Mares... Lancelot du Lac... Calogrenant... Erec... Girflet... Bohort... Gornemant de Goort... Keu... Marc... Tristan-qui-ne-rit... Sagremor le Desrée...* Mais... n'étaient-ils pas douze, seulement ?

— Ils furent douze, et douze fois douze ! Ils furent chevaliers de Bretagne, petite et grande, et chevaliers des Gaules. Chevaliers de Rome et de Constantinople, d'Ibérie et de Flandres, de Lusitanie, de Teutonie et des Terres scandinaves... Et aussi fut des nôtres Palamède le Sarrazin, chevalier maure de grand courage et juste vertu.

— Un Arabe ?

— Je t'ai dit, Corentin : la chevalerie de la Table est sans frontière. Son unique patrie est dans le cœur des chevaliers qui combattent avec générosité pour la justice rendue aux faibles, pour l'avènement d'un monde équitable et fraternel.

— Ben, ça n'a pas l'air de marcher très fort, vu l'état des lieux !

— La Table est dévastée, les Chevaliers se sont perdus. Mais, vois-tu, ils sont comme les astres du firmament : ils partent aux confins de l'univers et semblent y disparaître à jamais. Pourtant, un jour, ils reviennent, ils sont de retour. Car leur course est circulaire dans l'espace et le temps, comme est ronde la Table... N'es-tu pas de retour, toi, petit Corentin de Perbanlieue ?

— Je ne viens pas du fond de l'univers !

— Qu'en sais-tu ?... D'où viens-tu ?

Corentin admit qu'il n'en savait rien au juste. Peut-être venait-il de *banlieue*, comme il était dit. Mais, *avant* la banlieue ?...

Bohort leva à nouveau sa lance, et les flambeaux s'éteignirent, les mains disparurent, l'obscurité revint.

— Corentin, veux-tu être chevalier ?

— Je le veux !

— Il te faut un cheval.

— J'ai Beautournoi.

— Il te faut une épée.

— J'ai Sandragon.

— Il te faut un nom.

— Ne m'avez-vous pas donné celui qui me convient ?

— C'était une moquerie ! Tu dois porter le nom d'un père, le nom de ta lignée.

— Mon père n'est plus de ce monde... Soyez mon père en ce monde... Messire Bohort, vous m'avez appelé *Corentin de Perbanlieue*, et ça me va bien ! Mon nom de l'Outre Monde serait de peu d'usage ici. Je dois engendrer mon propre nom et le rendre honorable.

— Te voilà bien résolu, et bien inspiré. Quelle force nouvelle te fait parler ainsi ? Eh bien, soit, j'accepte d'être ton parrain. Sinon, au train où vont les choses, et vu la situation d'ensemble, je risque fort d'attendre encore quelques siècles avant qu'un autre valet gallois ne se présente par ici... Agenouille-toi, courbe le chef, et entre au plus profond de toi-même. Il faut que tu saches où se tapit le mal que tu dois chasser. Et cherche du même élan le bien qui se trouve aussi en toi et que tu dois magnifier.

La Voie des enchantements

Corentin s'agenouilla sans attendre. Bohort posa sa main gauche sur sa tête et, de la main droite, traça un grand signe de croix.

— Je te bénis, Corentin de Perbanlieue. Et que Notre Seigneur t'ait en sa Sainte Garde.

Corentin se releva avec exaltation :

— Est-ce que je suis chevalier, maintenant, ça y est ?

Bohort frappa le sol avec sa lance brisée.

— Que nenni ! Impétueux valet !... Crois-tu qu'il suffise d'avoir envie pour obtenir ?... Il te faudra d'abord apprendre à te servir de tes armes...

— J'ai tué un dragon... Un gros !

— Je sais cela, dit Bohort d'une voix au calme revenu. Sinon, tu ne serais pas arrivé jusqu'ici... Mais ce n'était que la première de tes épreuves, et le début de ton enseignement. La chance et les complicités ne sont pas véritablement des qualités chevaleresques. Deviens d'abord excellent guerrier et parfait amant.

— Amant ?!...

— Tu dois servir les dames avec la plus haute courtoisie. Tu dois les saluer, leur porter assistance dans les périls et toujours te montrer serviteur fidèle. Tu dois les aimer et être aimé par elles. Si elles ont avec toi grande confiance, estime, et plaisir en toutes choses, tu seras parfait amant, qui aime et sait aimer.

Corentin fit la moue. Tant qu'à faire, il préférait l'affrontement direct avec les dragons. Mais il songea aussi à Clotilde la fée et à ces princesses qu'on disait enfermées dans les tours des châteaux et qu'il fallait délivrer. Il trouvait ça assez excitant quand même. En général, les princesses délivrées ont beaucoup de reconnaissance.

— Je suis prêt, dit Corentin. Qui sera mon maître ?

— Tu trouveras en chemin, répondit Bohort. Suis la Voie des enchantements, écoute la voix des enchantements !

— Je ne comprends rien à ça...

— Sache entendre et voir les merveilles du monde. Il n'y a pas d'autre chemin contre le mal. Et quand tu reviendras — si tu reviens — peut-être pourras-tu t'asseoir à la Table ?

Bohort éleva sa lance pour la troisième fois.

Alors la salle s'illumina d'un soleil invisible qui brillait derrière les murs et semblait brûler les pierres d'or liquide. Cent bras jaillis du néant agitaient des encensoirs dont les parfums emmêlés formaient un nuage d'une grande douceur et merveilleuse odeur. Les gravats et destructions s'étaient évanouis, les fissures étaient colmatées, la Table dévastée avait retrouvé intégrité et splendeur.

Corentin, émerveillé, était retombé à genoux. Il tendait les bras vers cette étrange beauté, comme en extase, et ses lèvres tremblaient.

— Vois le siège à la droite de celui du grand roi Arthur de Bretagne, dit Bohort. Il est sans nom car seul le parfait chevalier pourrait s'y asseoir. Bien des insensés ont essayé. Des présomptueux, des méprisants, des impurs et des mécréants. Ou même de simples ravis, des naïfs et des bénévolants, des imparfaits sans méchanceté. Alors, le ciel s'est ouvert pour les foudroyer, la terre s'est fendue pour les avaler. Ils ont disparu à jamais dans les ténèbres, et c'est pourquoi l'on nomme cette place le Siège Périlleux.

— Je prendrai bien garde de m'y fourrer ! assura Corentin.

— Quand Perceval prétendit occuper le Siège, il déclencha les *enchantements de Bretagne*, qui ne prirent fin qu'avec le retour du chaste Galaad, le plus pur et parfait chevalier qui vit le Graal. Entends-tu rivaliser avec ceux-là ?

— Je n'oserais pas.

— À la bonne heure, te voilà moins fol et éberlué !

— Il y a tant de beauté dans la Table restituée !... Je veux rester ici, à contempler et prier !

— La peste soit ! Tu es encore plus fol et berluseux* !... Ne vois-tu pas que cette magie n'est qu'illusion ?... Beautés, richesses ! Ne te prosterne jamais devant ces vanités. Car tu te trompes sur ce que sont les merveilles du monde.

Bohort abaissa le bras. La lumière s'effaça comme une chandelle qui s'éteint. Corentin vit la Table brisée, il sentit l'odeur de la mort. Bohort l'aida à se relever et, cette fois, ce fut le vieil homme qui conduisit le jeune garçon transi jusqu'auprès de l'âtre.

— Corentin, mon doux ami, je vais te faire un don, car ton voyage sera long. Il est bon et chaud d'avoir un compagnon... Le grand loup gris ira avec toi.

— Sire Bohort, beau chevalier, je ne puis accepter !

Bohort se fâcha, en toussant très fort. Corentin s'en vint lui taper dans le dos avec ménagement.

— Tu te permets de refuser ? Ce pelé, ce galeux n'est pas un vil don, crois-moi... Jamais je n'ai reçu pareil affront !

— Mon seigneur, ça n'est pas faire offense. Ce loup vous est trop précieux. Je ne saurais accepter de vous piquer votre seul copain.

— Alors, prends ce bâton ! Je n'ai rien de mieux à t'offrir en échange de cette bête fauve que tu dédaignes.

Corentin avait pu deviner les pouvoirs de cette lance brisée et il faillit refuser à nouveau. Mais ce n'était plus possible. Il prit le morceau de bois.

— C'est la meilleure lance qui fut jamais, renifla Bohort. En pommier d'Avalon, hampe roide et légère ! Elle vida de leurs étriers cent chevaliers saxons du traître Mordred, neveu félon du roi Arthur. Au cent unième, elle se brisa car la mort avait déjà saisi la fine fleur de nos chevaliers : messire Gauvain, Keu le sénéchal, Bédoier le connétable, Sagremor, le roi Lot d'Orcanie et tant d'autres bons compagnons. Des vingt mille chevaliers d'Arthur aucun ne réchappa de cette bataille de Salesbières, et ce fut grande pitié au Royaume. Ce n'est pas de faiblesse ou de couardise que cette lance se rompit, mais de dol et de chagrin… Tiens-la avec toi, Corentin. Elle saura encore te soutenir dans les défaillances.

— J'accepte, mon bon seigneur, et je vous rends grâces.

Corentin se demandait ce qu'il allait pouvoir offrir en échange. À vrai dire, il n'était riche que de peu. Et tout lui était nécessaire : son cheval, son épée, son nom… Mais Bohort avait prouvé sa haute générosité en offrant le loup gris de Merlin, son unique compagnon. Alors, Corentin enleva son gantelet.

— Messire, ce gantelet vous donnera la force qui vous fait défaut. Il vous réchauffera jusqu'aux os.

Bohort eut un mouvement pour refuser.

— Accordez-moi ce plaisir ! insista Corentin. Si je vous donnais Beautournoi je serais sans cheval, et donc ne pourrais être chevalier. Et sans mon épée, Sandragon, quel combat me donnerait ma chance ?

Le vieux guerrier glissa ses doigts glacés dans le gantelet.

— Je me sens plus gaillard, en effet !... Salut à toi, Corentin de Perbanlieue. Il est temps de te mettre en chemin. Ta route sera longue.

Bohort alla s'asseoir près du feu. Son regard se perdit au cœur des flammes. Le gantelet d'acier brillait à son poing et Corentin eut un regret, une inquiétude. Désormais, il n'avait que ses mains nues et sa propre force. Mais il comprit en même temps que c'était ainsi que les choses devraient s'accomplir. Il vaincrait par ses propres ressources.

Alors, il alla retrouver Beautournoi qui attendait dans le palais. Il salua le loup gris, et il salua Bohort. Mais le chevalier des temps très anciens était absorbé dans des rêveries profondes où s'entrechoquaient certainement les fureurs vigoureuses des batailles d'autrefois. Il ne répondit pas. Corentin s'esquiva respectueusement.

Dans la cour du château, la lumière s'était éteinte. Une brume menaçante dissimulait la poterne et les murs de l'enceinte crénelée. Beautournoi fit quelques pas avec prudence. Ce ne furent plus des pavés qui résonnèrent sous ses sabots : une lande humide s'étendait à perte de vue. Corentin se retourna, mais le château de la Table dévastée n'était plus. Il n'y avait rien. Rien que la lande de bruyères, de tourbe et de rocs épars. Le brouillard les avait traversés et ils entraient dans un autre monde.

III

LE CERCLE DE BROCÉLIANDE

Au temps éternel où chevauchaient dans l'errance ceux qui cherchent un chemin de vérité, voici ce qu'il advint à Clotilde la pucelle, fillette en robe de ciel et de brume. Enlevée par enchantement de sa banlieue lointaine, elle fut emportée jusqu'au pays de Brocéliande. C'est, dit-on, grande merveille. En voici le conte.

Clotilde, ayant enfilé le gantelet d'un chevalier, sans mégarde ni malice, se trouva conduite par une force invincible au cœur d'une forêt profonde.

Ses blonds cheveux s'étaient dénoués, ses pieds mignons étaient nus, elle glissait dans les sous-bois comme à la surface d'un lac gelé. Mais, soudain, elle perdit toute lumière et se trouva noyée dans un brouillard des plus épais. La force l'abandonna, le gantelet quitta sa main frêle et tomba on ne sait où. Il n'y eut d'autre bruit, dans ce monde sans rien, que celui du cœur battant d'effroi d'une petite fille perdue.

— Où suis-je ? cria Clotilde. Y a-t-il quelqu'un, holà !, qui m'entende et puisse m'aider ?

À ces paroles, la brume recula. Elle se déchira en écharpes, se gonfla en flocons joufflus, s'étira en nappes déguenillées. Clotilde aperçut des arbres noirs, rigides et serrés, aux branches comme des mains griffues terriblement immobiles. Elle se laissa tomber, son visage et ses bras masqués par sa chevelure. Et elle voulut pleurer sa détresse dans le sol. Ce serait si bon de mouiller cette terre inconnue avec ses larmes. Après, cette terre serait un peu la sienne, car elle lui aurait donné quelque chose venu du plus profond d'elle-même.

Mais les sanglots ne voulurent pas jaillir. Alors Clotilde donna des coups de poing rageurs dans l'humus. Elle fit voler des feuilles sèches et craquer des brindilles. Elle souffla comme une loutre, hurla comme une louve, ulula comme une chouette.

« Ça va mieux ! se dit-elle. Beaucoup mieux ! »

Elle se leva et décida de marcher. Inutile d'espérer ici des secours qui ne viendraient pas. Inutile de pousser des clameurs suppliantes que nul ne voulait entendre.

« Je n'attendrai pas, comme une princesse dans son château, qu'un prince plus ou moins charmant vienne me délivrer pour m'emporter sur la croupe de son bidet* ! »

Elle déchira en morceaux le bas de cette robe trop longue qui lui était poussée par magie, et elle s'en entortilla les pieds. Avec des tiges souples dont elle arracha les feuilles, elle fixa du mieux qu'elle put les chaussons ainsi fabriqués. Elle se lia les cheveux sur la nuque avec une torsade de lierre et de fougère.

Et elle se mit à marcher.

Elle marcha longtemps. Le brouillard lui montrait comme un chemin, s'effaçant devant elle pour se reformer dans son dos. Alentour, la forêt restait obscure et compacte.

Clotilde croyait qu'une lueur viendrait lui faire signe. Elle se disait qu'il y aurait une aube, un matin. Ou même une lanterne au cœur de la nuit, le carré jaune de la fenêtre d'une masure perdue dans la forêt. Mais rien ne changea. Il n'y avait pas d'étoiles au ciel. Et peut-être même n'y avait-il pas de ciel.

Clotilde marcha dans le brouillard et la forêt sombre pendant des jours et sans doute des années. Elle sut ce qu'était l'errance des chevaliers partis pour la Quête, et elle en acquit une force très grande et un désespoir immense.

Quand enfin l'épuisement la jeta à terre, elle reconnut l'endroit où elle avait voulu pleurer jadis... Ainsi, elle n'avait fait que tourner en rond ?!... Elle s'était nourrie de baies sauvages et d'insectes, de miel et de racines. Elle avait bu l'eau du brouillard condensé sur les feuilles. Elle avait durci de corne la plante de ses petits pieds autrefois si gracieux. Elle avait enduré les griffures des ronces et le cinglement des branches, la piqûre des orties et celle des chardons, des moustiques et des frelons. Et tout ça, pour se retrouver en ce même lieu de désolation d'où elle était partie ?!...

C'était trop injuste ! Cette fois, elle pleura pour de bon, pendant des jours et des jours, dit-on. Et le ruisseau devint fontaine. Et la fontaine fit naître un étang qu'on peut voir encore aujourd'hui. Les soirs de brume, on y entend les sanglots de Clotilde la fée, dont les bois noirs de la forêt toute proche ont gardé l'écho et la mémoire... Mais, du temps où elle pleurait d'une si merveilleuse abondance, Clotilde n'était pas encore une fée. Ce n'était qu'une petite fille perdue dans la forêt immense et inconnue.

Quand un rire joyeux s'éleva quelque part pas si loin, Clotilde cessa de pleurer. Elle releva le visage, écarta sa chevelure trempée et regarda le monde avec des yeux rouges.

Avec surprise, elle se découvrit alanguie au milieu d'une île minuscule encerclée de ruisseaux, de sources et de fontaines, dont les plus grandes flaques s'assemblaient pour former ce qui serait un jour ce fameux lac. Un soleil éclatant faisait resplendir la forêt d'une lumière dorée où voletaient les tourterelles amoureuses, où bondissaient les lapins agiles, où glissaient langoureusement les couleuvres musardes.

— Mais qui rigole ainsi ? s'étonna Clotilde.

Un bonhomme minuscule et malicieux s'approcha. Il sautait à pieds joints dans toutes les flaques, en faisant rebondir l'eau le plus haut possible, ce qui le faisait rire aux éclats. Arrivé devant Clotilde, il s'arrêta gravement, loucha, s'étira la bouche en tirelire et fit vibrer sa langue en faisant : « Bababouh ! »

Clotilde, perplexe, regardait ce génie insignifiant à figure de pomme trop cuite, aux jambes à peine plus grosses que des cuisses de grenouille mais tout autant musclées.

— Tu n'as pas peur ? s'étonna le grimaçon. Ordinairement les bergères s'affolent. Elles prennent leurs jupes à deux mains et s'enfuient en criant d'une manière très plaisante pour moi.

— Je devrais avoir peur de cette grimace débile ? s'étonna tout autant Clotilde, sur un ton plutôt snob. D'ailleurs, je ne suis pas une bergère !

— Dans ce cas, tu es une fée !... C'est toi qui as chassé le brouillard néfaste qui rendait cette forêt stérile. Tu as fait reverdir la cime des arbres et tu as fait jaillir une eau vivifiante. Le soleil est revenu, mille grâces t'en soient rendues !

Clotilde boudait.

— Je ne suis pas une fée... Vous, qui êtes-vous ?

— Je suis un poulpiquet... D'autres disent un *poulpican*, c'est selon. Mon œuvre en ce monde est d'affoler les bergères de Bretagne et d'en épouser les fées, parfois... Aimerais-tu m'épouser ? On dit que je suis le plus effrayant contorsionneur de grimaces de tout Brocéliande !

Sur ce, il enchaîna une mirobolante série de mines et de singeries qui eurent pour résultat de faire pouffer Clotilde.

— C'est tout l'effet que ça te fait ? grimaça le poulpiquet déçu. Tu n'as pas peur du tout ? Ne suis-je pas horrible et monstrueux ?

— Mais si, tout à fait ! mentit Clotilde en ramenant ses cheveux devant son visage pour masquer un début de fou rire. Dans quel pays dites-vous que nous sommes ?

— Brocéliande, c'est son nom. Ainsi nomme-t-on cette forêt.

— La forêt magique de Viviane la fée et de Merlin l'Enchanteur ?

— Oui, oui ! C'est cela même, c'est tout à fait vrai.

Le poulpiquet avisa une flaque nouvelle. Il s'y précipita d'un bond de crapaud, les deux pieds en avant. L'eau claqua et les gouttes s'éparpillèrent en mille diamants.

— J'aimerais tant rencontrer Viviane, soupira Clotilde. Et si Merlin m'apprenait quelques bons tours de magie, ça serait vraiment formidable !... Sauriez-vous me conduire auprès d'eux, monsieur le poulpiquet, s'il vous plaît ?

Le petit génie fit un saut périlleux arrière — qui l'amena dans une autre flaque — puis il repartit en pirouette avant vers le plus profond du ruisseau. Clotilde était tout éclaboussée, ses cheveux étaient trempés, elle avait de l'eau dans les yeux.

— Franchement, dit le poulpiquet, leurs grimaces ne valent pas les miennes !... Veux-tu que je t'en montre de nouvelles ?

— En chemin, si vous le voulez bien !... J'aurai tout le temps d'être parfaitement effrayée.

Ils se mirent en route, de flaque en flaque. Clotilde ruisselait des pieds à la tête. Elle finit par avoir froid et commença à trembler et à claquer des dents, au grand plaisir du roi de la grimace, lequel s'était persuadé que Clotilde avait peur pour de bon, cette fois ! Et il ne cessait de se défigurer autant qu'il le pouvait, multipliant à l'infini toutes les loucheries et déformations envisageables. Clotilde n'avait même plus envie de rire.

Ils arrivèrent.

— Et voilà ! s'écria le poulpiquet satisfait.

— Mais c'est ma clairière ! Tu m'as fait tourner en rond, toi aussi ! Tu m'as ramenée là d'où je suis partie... comme si je n'en étais jamais partie. Tu n'es qu'un sale blaireau ! Et tes grimaces sont vraiment nulles.

— Je n'aime pas être tutoyé comme ça, se plaignit le génie. J'ai fait ce que j'ai pu, mais l'univers est circulaire. Tout n'est qu'éternel retour. Le monde est rond. La lune est cyclique. Les saisons reviennent. La roue tourne et revient dans son ornière... Attends là ! Tu verras bien. Ce qui y est venu y reviendra.

— Je ne veux pas attendre ! s'insurgea Clotilde. Je veux bouger !

Mais, sur un dernier bond, le poulpiquet disparut.

— Me voilà seule à nouveau, gémit Clotilde. J'ai eu tort de ne pas faire semblant d'écouter avec intérêt sa proposition de mariage... Il se serait mieux occupé de moi.

Elle s'assit là où avait été sa place et se demanda que faire. Pleurer ! Elle avait déjà donné !... Marcher ? Ça n'apportait rien non plus... Alors, elle se résolut à attendre, comme on lui avait proposé, et ceci sans montrer d'impatience.

La ronde des fées

Aussitôt la nuit arriva. Le soleil s'éteignit d'un coup. Une lune blonde et ronde s'installa dans le ciel de la forêt, un grand vent se mit à souffler.

— Le vent de Brocéliande ! murmura Clotilde. Les arbres se courbent en révérences, les oiseaux de nuit s'enfuient effarouchés, et voici que s'avance la ronde des fées...

Une musique venait du fond des bois, lente, majestueuse et rythmée. Il y avait des flûtes et des violes, des théorbes et des tambourins, des luths, des rebecs, des flageolets, toute une sarabande paisible et colorée où se mêlaient encore vihuelas, chitarron, cymbales, psaltérion, cromorne, pochette, virginal et positif. Et douzaines encore d'instruments de grande variété qui trouvaient sans peine leur accord en une marche pavane gracieuse et chantournée.

Les fées avançaient d'une allure légère et glissée. À chaque pas, elles marquaient un temps, suspendaient leur marche, pointe en avant et souple cambrure. Puis elles effleuraient le sol, faisaient un demi-pas et s'arrêtaient à nouveau avant de fléchir encore.

Clotilde les vit surgir peu à peu des profondeurs, nimbées d'une lumière irréelle dont elles semblaient briller. Elles étaient vêtues de longues robes-tuniques dont les plis évasés bougeaient dans la souplesse mélodieuse du vent. Fillettes, demoiselles, dames ou bonnes femmes* étaient pareillement belles et lumineuses. Le même sourire apaisé ornait leurs lèvres closes, car toutes partageaient la joie secrète et mystérieuse.

Un grand cercle se forma à l'entour de la clairière. Les musiciens restèrent dans les ténèbres. Clotilde vit les fées se prendre la main et marcher vers le centre, en direction de la petite île qui formait son refuge. Elle eut peur, mais garda les yeux grands ouverts, car elle ne voulait rien rater de l'envoûtement.

Les fées marchaient sur l'eau sans craindre, sans être mouillées, sans perdre pied. Quand elles furent serrées en corolle autour de Clotilde, un murmure s'éleva, un étrange chant à bouche fermée qui fit taire les musiciens.

Alors, les fées tournoyèrent autour de Clotilde, en la saluant d'un joli mouvement de visage, de paupières ou de chevelure. Clotilde répondit à chacune, en courbant le cou, en fléchissant les épaules.

Puis la ronde s'écarta, se déploya en cherchant la plus grande circonférence possible, tandis que les musiciens se remettaient à jouer de plus belle, en accélérant le rythme. Le cercle des fées s'ébranla dans un frémissement. La chaîne se mit à tourner dans le sens que montrait la lune dans sa course, immobile à qui ne sait rien voir.

C'est ainsi que Clotilde entra dans la féerie.

Encerclée par la ronde, elle fut bientôt ivre de ce manège dont elle était le centre. Elle se sentit gagnée par la torpeur puis par une sorte d'abandon extatique qui la fit glisser dans un sommeil profond comme la mort. Elle coula alors au plus profond d'elle-même, et nul ne saurait dire ce qu'elle y trouva.

Mais, quand elle revint de ce voyage extrême, elle s'éveilla riche d'un savoir nouveau. Les fées s'étaient assemblées autour d'elle et elles la frappèrent de verges et d'orties, elles la couvrirent de boue, elles lui arrachèrent les derniers lambeaux de ses vêtements et la conduisirent à l'entrée d'une grotte obscure et menaçante. Là, elles l'abandonnèrent, après lui avoir fait signe d'entrer.

Clotilde pénétra dans la grotte. Elle ne savait plus si elle vivait toujours, elle ignorait si elle ne dormait pas à nouveau de ce sommeil étrange. Il lui semblait que des morceaux d'elle-même s'en allaient, emportés par le vent de Brocéliande. Les aspérités de la grotte la déchiquetaient, des épieux de roche montaient du sol et tombaient du plafond, cherchant à la transpercer. Les parois se rapprochaient pour l'étouffer, l'écraser. Et la galerie où elle avançait devint étroit couloir puis boyau infime.

Il n'y avait plus de lumière ni de musique, mais un rythme sourd des profondeurs, comme le battement d'un cœur. Clotilde continua de progresser à plat ventre, guidée autant par le vide qu'elle tâtait du bout des doigts que par le souffle tiède d'un courant d'air dont elle reniflait rageusement l'odeur de sang.

Puis elle se trouva coincée dans une chatière. Elle voulut reculer mais ce fut impossible. Alors, elle poussa de toutes ses forces vers l'avant, du bout des orteils, des genoux, des coudes et des mains. Et elle hurla jusqu'à ce que la nuit cède devant elle.

Alors elle se retrouva projetée dans la lumière, nue, boueuse, ensanglantée.

C'était *sa* clairière, elle la reconnut.

— L'univers est circulaire, dit-elle. Tout n'est qu'éternel retour. La roue tourne et revient dans son ornière.

Des fées s'approchèrent pour la baigner et la laver. Ses blessures furent enduites d'un baume parfumé qui les guérit instantanément. On lui passa une chemise de dessous de mousseline fine puis une cotte de lin, un corselet, une robe de velours souple couleur de ciel et de pluie. Deux fées parmi les plus jeunes vinrent lui coudre des manches très ajustées aux bourrelets d'épaules de sa robe. Les manches s'évasaient vers le poignet, pour se terminer en bandes minces allant jusqu'à terre et qu'on appelait *tippets*. Puis on la coiffa en bandeau. On lui serra la taille avec une ceinture en samit* de soie ornée de plaquettes d'or émaillé et d'escarboucles* dont le rouge puissant peut lutter contre l'obscurité. On encercla son front d'une cordelette de soie bleue et de fil d'argent. Quand elle fut prête, des mains la poussèrent vers un étincelant château de marbre blanc transparent comme le verre.

« Ce château n'est qu'illusion », se dit Clotilde.

Car, des épreuves qu'elle traversait, lui venaient sapience nouvelle et juste connaissance.

Elle fit passer son bras à travers la muraille et ce fut sans résistance. Le château aux mille tours n'était que brume de l'aube et rosée du matin.

Dans les sous-bois de la clairière, les musiciens invisibles saluèrent son entrée par une fanfare sonnante de cornets, timbales et saqueboutes. Clotilde franchit le pont-levis d'un pas gracieux. Cette nouvelle épreuve lui semblait nettement plus agréable que les précédentes.

La salle du palais était déserte et vide, à l'exception d'une table carrée dont Clotilde s'approcha. Sur cette table de marbre polychrome étaient tracées les soixante-quatre cases d'un échiquier d'ivoire et de jais. Les pièces du jeu étaient installées à leur juste place, prêtes au combat. Machinalement, Clotilde poussa un pion d'ébène.

Sur l'autre ligne, un pion bougea d'une case.

— Voilà un échiquier qui joue tout seul ! constata Clotilde, avec amusement. Nous allons bien voir !

Elle déplaça son fou. Un cavalier blanc se mit en chemin. La partie s'engagea sérieusement, baignée par la lumière du Château Transparent. En peu de temps, Clotilde fut battue.

Les pièces se remirent d'elles-mêmes en position.

Une nouvelle partie commença, Clotilde s'efforçant à la plus grande concentration. Mais elle se fit prendre son roi tout aussi facilement. Et au troisième affrontement, bien qu'ayant déployé toute son habileté, elle se retrouva échec et mat en un clin d'œil.

Clotilde se croyait jusque-là plutôt bonne joueuse. Furieuse de se voir défaite aussi aisément, elle renversa toutes les pièces d'un revers de main.

Aussitôt, un grondement d'orage se fit entendre.

Roi, dame, fous, cavaliers, tours et pions se réinstallèrent sur leurs cases. Mais Clotilde les balaya de nouveau.

Alors le tonnerre ébranla la terre, des éclairs zébrèrent le ciel soudain obscur, et la foudre claqua sur la plus haute tour du château.

— Holà ! C'est assez ! se plaignit le poulpiquet. Ne fais plus tomber d'eau pour l'instant, je t'en prie ! La terre a ce qu'il lui faut.

Il arrivait d'on ne sait où, vêtu de bottes à revers et d'un long chapeau pointu, et toujours grimaçant.

— Vous m'avez bien laissé tomber tout à l'heure ! se plaignit à son tour Clotilde, sur un ton geignard qui voulait imiter celui du poulpiquet.

— Tout à l'heure ?... Mais quand donc ça ?

— Oh, il y a un siècle ou deux approximativement... En tout cas, au moins une bonne paire d'heures !... J'ai cru traverser la terre de part en part.

— C'est peut-être bien ce qui t'est arrivé... La terre est carrée.

— Tiens donc ! Je croyais que *le monde est rond, l'univers circulaire... la roue tourne et revient dans son ornière* ?

Le poulpiquet eut un geste agacé. Il fit solennellement le tour de l'échiquier, en expliquant avec des grimaces qu'il jugeait sans doute appropriées :

— La terre est comme l'échiquier. C'est un champ bordé par ses quatre horizons cardinaux. Horizon septentrional où règnent les sept bœufs de labour des étoiles polaires, pays boréal : c'est le nord, auquel s'oppose le sud, pays austral, horizon méridional. Et puis voici le levant d'où renaît l'astre solaire. C'est l'orient, pays d'ivoire. Et face à lui, le ponant où se couche le soleil. L'occident, pays de jais qui fait naître la nuit. Ne vois-tu pas que les cases de ce damier sont blanches et noires comme l'alternance des jours et des nuits ? Et ces pièces de jeu aussi ? Noires et blanches, comme le combat de l'ombre et de la lumière ?... Comprends-tu que la terre carrée est le champ clos d'un éternel combat ?

Clotilde fit la grimace, c'était bien son tour :

— Je n'ai jamais songé à tout ça. C'est déjà un jeu assez compliqué.

— Présomptueuse ! Comment oses-tu espérer gagner si tu ne comprends rien ?... Ne sais-tu pas que l'ivoire est signe de pureté et de puissance ?... Et le jais, pierre qui peut s'enflammer, protège des maléfices invisibles et résout les enchantements. L'ébène marque le passage par les ténèbres, comme celles que tu as connues au plus profond de la grotte de ta renaissance. Et l'écume de mer est le signe du souffle initial et de l'eau primordiale d'où est sortie ton espèce vile.

— Écume de mer, vraiment ?

— C'est cette sorte de pierre très blanche et très légère dans laquelle furent sculptés tes adversaires au jeu d'échecs, produit de l'air et de l'eau, du vent et de la mer... Toi, tu as choisi l'ébène qui vient de l'arbre poussé dans la terre, baigné par l'eau, caressé par le vent... et vulnérable au feu, comme l'est le jais, qui n'est qu'une fausse pierre, du lignite, le vestige minéral d'une compression de débris végétaux, du charbon naturel fossile... Et l'ivoire vient du monde animal, le comprends-tu ?

— Je sais ce que c'est qu'un éléphant, merci !

— Ne sois pas si maligne ! Ton enseignement est loin d'être terminé. Chaque chose a sa raison d'être là et rien n'est simplement ici pour *jouer*.

— Pourtant, je ne vois en ce château qu'un *jeu* de murs factices, et un *jeu* d'échecs !... Sans parler d'un petit bonhomme qui ne cesse de *jouer* à faire des grimaces.

Le poulpiquet parut très vexé.

— Ce n'est pas de jeu ! Tu te moques de ma nature profonde... Je voudrais être plus terrible que je ne suis, et avec toi, ça n'est pas facile. Tu ne fais même pas semblant d'avoir peur !

— Faire semblant ? dit Clotilde. Mais c'est encore jouer !

— Bien sûr, bien sûr ! admit le poulpiquet. Qu'espères-tu pouvoir faire d'autre ?... Tout n'est que grimace !... N'as-tu pas vu la lune avec son drôle de sourire de clown étonné ?... Et le soleil qui joue à cache-cache derrière les nuages, et s'amuse chaque jour à faire croire à sa disparition pour réapparaître le lendemain ?... Et la pluie, quand elle danse sur les feuilles ? Et le vent chantant dans les branches ?... Est-ce que l'univers fait autre chose que jouer ?

— Si j'ai bien compris, dit Clotilde, le monde est rond et carré ; rien n'est là pour jouer et tout n'est que jeu ?!

Le poulpiquet se gratta le bonnet, puis le bout du nez, et, pour finir, la fesse gauche.

— C'est à peu près ça, admit-il, mais ça n'est pas très clair.

— Pas vraiment, non.

— Tout est dans tout, et son contraire aussi.

— Ça n'éclaircit rien.

Chaque parcelle de l'univers contient tout l'univers.

— Pourquoi pas ?

— Et le mystère reste entier.

— C'est évident !

Le poulpiquet parut très découragé.

— Oh, dit-il d'une voix très triste, je savais bien que j'avais eu tort d'accepter ! Afin de t'enseigner, je te répète ce qu'on m'a enseigné, et qui venait d'un autre qui, déjà, se l'était fait répéter par d'autres, et ainsi de suite jusqu'à la nuit des temps... Aucune de ces explications n'est réellement convaincante.

— Mais pourquoi vouloir me donner un enseignement ? s'étonna Clotilde.

— On ne devient pas une fée autrement ! Tu dois être initiée à nos mystères.

— Est-ce à dire que je dois *tout comprendre* ?

— Je ne crois pas. Il suffit de connaître nos mystères et de les respecter… Nous-mêmes n'y comprenons pas grand-chose, alors on fait semblant.

— C'est comme à l'école, alors ? La barbe ! Tristesse et ennui, voilà ce qu'on a !

— Tu t'ennuies avec moi ?

— C'est trop difficile, ce charabia : *horizon septentrional, pays boréal, ponant, levant…*

Poulpiquet gratta sa fesse droite, la base de son nez, le bout de son chapeau.

— Ce sont de jolis mots presque magiques… surtout s'ils sont pour toi comme un langage secret, dit-il. Et puis, tu vois, tu les as déjà retenus !

— *Nord* et *sud* ne suffiraient pas ?

— Il est dangereux de n'avoir qu'un seul nom. Après, on finit par croire qu'il ne peut y avoir qu'une seule explication aux choses… Il te faut apprendre à lire les signes. Savoir que l'ivoire n'est pas seulement ivoire et que l'ébène a son histoire cachée… Toute chose raconte une histoire cachée.

Clotilde fit une moue très boudeuse en déclarant :

— Mais celle-ci m'ennuie !

— Quoi ?

— Cette histoire… Il ne se passe rien. Tu causes, tu causes… il ne se passe pas grand-chose !… Moi, j'aurais préféré rencontrer Viviane et Merlin, et qu'ils m'apprennent des tours de magie.

— Pfft ! Quelle ambition vulgaire !… Des trucs comme ça, je suppose ?

Le poulpiquet ôta son bonnet et le remit sur sa tête par trois fois. Alors le soleil se changea en œuf au plat grésillant dans une poêle. Puis il se mit à tourner à toute vitesse et sembla se briser : il y eut alors sept soleils dans le ciel laiteux. Les soleils tombèrent un à un vers la terre, où ils éclatèrent en une gigantesque omelette. Il ne resta qu'un seul soleil au zénith. Le vrai.

— Ouaouh ! Super ! s'exclama Clotilde. Comment vous faites ?

— J'ai appris ! dit modestement le lutin. J'ai écouté mes maîtres sans faire d'histoires. J'ai été initié... Mais toi, tu voudrais tout savoir sans rien apprendre, sans faire d'effort !... Et puis, cet art n'est qu'artifice, celui de l'illusion.

— Ça me plairait de savoir faire ça, dit Clotilde. Montrez-moi !

Le poulpiquet parut très déçu.

— Tu n'écoutes pas un mot de ce que je te dis, tête de linotte !... Ça n'est pas demain que tu gagneras aux échecs et que tu feras frire le soleil !

Il fit trois sauts carpés en arrière. Et disparut.

— Je n'aime pas ce poulpiquet ! cria Clotilde à nouveau abandonnée. Avec lui, on ne sait plus où on en est ! Il fait tant de grimaces que les enchantements semblent rompus. Tout devient ridicule. Et pourtant il réussit à m'épater... Je déteste ce poulpiquet !

Elle hurla aux échos du Château Transparent :

— Je n'épouserai jamais un pareil gogol !

Ce fut une voix très douce et décisive qui lui répondit :

— Ne dis jamais *jamais*. Tu ignores tout de ton destin.

L'enseignement de Viviane

Clotilde se retourna vers la voix, mais elle savait déjà que c'était celle de la fée Viviane. Elle vit, qui s'avançait, une femme de grande beauté et fierté dont les vêtements paraissaient en même temps de haute simplicité et extrême richesse. Les plis de sa robe s'enroulaient comme les vagues de l'océan, et la lumière de son visage était son plus précieux joyau.

Clotilde fit une révérence gracieuse.

— Pardonnez mon énervement, ce poulpiquet en est la cause.

La fée ne répondit rien. Ses lèvres étaient closes comme celles d'une statue. Allait-elle chanter à bouche fermée ? Était-ce bien elle qui avait prononcé les paroles que Clotilde venait d'entendre ?

— Je dois dire que le pays des fées est plutôt décevant, continua Clotilde. On m'avait fait rêver de Brocéliande. La plupart des livres en disent beaucoup de bien… Ce n'est en vérité qu'une triste forêt ténébreuse et sèche, avec des prairies trop mouillées, puis des arbres certes majestueux mais monotones. Il y a trop de soleil, après trop d'obscurité… Les êtres qu'on y rencontre sont tous bizarres, trop beaux ou trop laids, trop bavards ou muets. La musique est jolie, bien sûr, mais… Et puis la danse en rond, comme ça… Enfin, c'est vrai quoi ! je suis là depuis je ne sais combien de temps et je n'ai pas appris un seul tour de magie !

Viviane eut un sourire amusé, comme si elle trouvait Clotilde tout à fait sotte et bien naïve. Mais si jeune, après tout, qu'on pouvait lui pardonner. Les lèvres de la fée restèrent fermées sur ce sourire, mais Clotilde entendit une voix dans son cœur :

— Ne te préoccupe pas de ce qui peut sembler magique ou pas aux yeux des autres. Ton savoir est plus riche que tu ne le crois. Les épreuves ne peuvent pas t'avoir laissée telle que tu étais avant. Laisse parler quand il le faudra la connaissance qui est en toi. Ne crains pas, aie confiance, crois en ta puissance. Et l'instant magique surgira *malgré* toi, mais *grâce* à toi.

— Facile à dire ! ronchonna Clotilde à voix haute. « *Laisse parler la connaissance qui est en toi...* » Mais, vous-même, vous ne savez pas parler comme il faut !

La fée Viviane conserva son sourire. Elle étendit lentement le bras en direction de Clotilde. Et Clotilde commença à plisser les yeux en rentrant la tête dans les épaules : ce geste sans hostilité évidente n'allait-il pas la changer en tortue ?

Il y eut un éclair bref, et quelque chose apparut dans la main de la fée, au bout du bras tendu : c'était le sac à dos avec lequel Clotilde avait quitté le pays d'avant. Ce sac, elle l'avait perdu dans la forêt, elle l'avait oublié. Elle le prit et l'ouvrit. Dedans, il y avait le gant de fer du chevalier et l'échiquier électronique.

Clotilde comprit en un instant. Elle s'approcha de la table de jais et d'ivoire.

— À nous deux, maintenant !

Les pièces d'ébène et d'écume se mirent en place.

— Commence ! ordonna Clotilde, laissant parler la connaissance en elle.

Et ce qu'elle savait, elle allait s'en servir !

L'échiquier qui jouait tout seul fit avancer son premier pion. Clotilde programma son jeu électronique afin de lui répondre.

Et la partie s'engagea d'une tout autre façon que les précédentes.

Ce fut moins rapide mais, au trente-quatrième coup, Clotilde mit en échec le roi blanc. Elle gagna. Le roi était mat.

Toutes les pièces de l'échiquier tombèrent sur le sol en silence. Et la surface du damier parut plus lisse et plus brillante.

— C'est le temps du repos, dit Clotilde. Le sommeil est comme la mort. C'est l'hiver avant le retour de la fécondité. La terre est plate et les quatre horizons sont dans l'attente. La nuit a gagné sur le jour.

Viviane fit un sourire qui disait : « Je suis heureuse que tu aies compris. » Elle tendit le poing vers Clotilde et, quand sa main s'ouvrit, il y avait en son centre un anneau tressé de ronces et d'orties : le cercle de Brocéliande.

Clotilde comprit que c'était pour le souvenir des épreuves traversées, et des danses. Et afin de ne jamais oublier que la connaissance ne lui avait pas été donnée comme un cadeau, mais qu'elle avait dû la conquérir par désir et opiniâtreté. Elle se saisit de l'anneau, qui était brûlant comme la fièvre. Mais, en le passant à son doigt, elle sentit un bonheur paisible rayonner par tout son corps et son cœur, comme une eau fraîche offerte à une bouche assoiffée.

Et elle marcha sans trembler derrière Viviane, qui l'entraîna dans les profondeurs du Château Transparent. La lune déclinait rapidement vers un ciel de ténèbres, et sa lumière était blanche comme du lait.

Alors, en ce pays de Brocéliande que nul ne connaît, même s'il croit y avoir un jour marché, Clotilde apprit d'autres secrets.

Qui pourrait dire ce qui lui fut révélé après avoir descendu l'escalier de cristal serpentin qui mène au cœur de la terre ?

Seules les fées le savent, et toute mémoire s'efface à qui voudrait trahir ces mystères. C'est déjà beau jeu de connaître ici un peu de la merveille (que certain conteur dit tenir des bavardages imprudents d'un poulpiquet rencontré dans un concours de grimaces où il avait gagné le troisième prix).

Plus tard, dit la légende, on vit surgir de la forêt profonde une forme blanche qui glissait comme à la surface d'un lac gelé. Le couchant retentissait des cris affreux d'une bête glatissante que combattait un damoiseau. Alors la fée perdit sa lumière pour devenir en apparence une petite fille en robe de ciel et de pluie.

Et c'est ainsi en vérité que commencèrent les aventures héroïques et amoureuses de Clotilde la fée et du chevalier Corentin de Perbanlieue.

IV

LES SORCIÈRES DE LA LANDE

Elle semblait sans limites, cette lande où chevauchait Corentin. Infini aussi, le vent égal qui la giflait jour et nuit. Nulle colline pour poser son regard. Aucun arbre ou arbrisseau pour fixer un but à cette marche hasardeuse. Tout n'était que bruyères et tourbières, ou chemins de roc affleurant dans le sable. Le pied de Beautournoi butait ou s'enfouissait. Dur dans le rocher, mouillé dans le marais. Le ciel était gris.

Corentin sur son palefroi suivait la course du soleil, marchant aussi la nuit, dans l'espoir d'un feu dans les ténèbres vers lequel tirer les guides de sa monture. Piquer Beautournoi aux flancs, de deux beaux coups de talons joyeux d'espérance, voilà bien ce dont rêvait Corentin !

Or, il arriva qu'après tant de jours une fumée fluette mais parfumée se mit à serpenter dans le ciel : Corentin piqua des deux !

Sa chevauchée l'amena au bord d'un cercle de pierres et d'os blanchis. Beautournoi s'arrêta et baissa l'encolure, refusant d'aller plus loin. Corentin mit pied à terre. Il prit son cheval par la bride et commença d'accomplir avec prudence le tour du cercle, sans jamais le franchir.

Il aperçut trois femmes qui s'affairaient sans relâche au voisinage d'une hutte presque invisible, puisqu'elle était faite de rocs entassés recouverts de bruyère et de tourbe.

La première de ces femmes n'était encore qu'une enfant. Elle était petite et joliment faite, son visage souriait de mille grâces, et chacun de ses gestes se marquait d'élégance spontanée, paisible et concentrée. Des trois, c'était la plus sérieuse à son travail, Corentin le remarqua aussitôt : elle creusait la terre avec ses ongles et en extrayait des racines. Elle empilait ensuite les racines dans le devant de son tablier et allait tout porter jusqu'à la cahute. Ça lui faisait un ventre énorme.

Mais, quand elle eut tout jeté sur un tas, le ventre gros était toujours là. Et Corentin comprit que cette fillette était enceinte, elle attendait un enfant.

« Comment est-ce possible ? » se dit Corentin (autant à lui-même qu'à son cheval, car il avait pris l'habitude de parler à Beautournoi comme à n'importe quelle autre personne).

À ces mots, la petite fille se releva pour regarder d'où venait la voix. Elle fit signe à Corentin d'approcher, mais il s'en garda bien et salua avec la plus grande courtoisie, sans mettre le talon dans le cercle.

— Tu fais bien de me saluer, dit la petite.

Elle baissa son capuchon de toile bise, et ses cheveux apparurent : ils étaient couleur de neige et clairsemés. Une chevelure de vieille femme.

— Mais quel âge as-tu ? s'étonna Corentin.

— Vilain manant ! Ne sais-tu pas que cette question ne doit pas être ?... Demander son âge à une dame... vraiment !

— Pardonnez-moi, c'est la surprise ! Je vous croyais gamine… puis, votre ventre… maintenant vos blancs cheveux !

— Il n'y a qu'un homme pour s'étonner de pareilles choses !

Corentin préféra ne pas insister. Bohort lui avait recommandé de suivre la Voie des enchantements. Et sans trop poser de questions : souvent les réponses viennent toutes seules, de la bouche même de ceux auxquels on ne demande rien. Ils s'impatientent de vos silences et vous informent alors sans qu'on les interroge.

La deuxième femme s'était approchée entre-temps. Elle paraissait très âgée, mais Corentin voulut n'en rien conclure. Il s'attendait désormais à tout.

Cette femme au visage ridé, crevassé, parcheminé batifolait de-ci, de-là, avec une gaieté insouciante. Elle s'accroupissait pour suivre l'affairement des fourmis, l'inquiétude d'un lézard, elle courait en zigzag derrière un papillon, elle déchiffrait la forme étrange d'un nuage et se mettait les doigts dans le nez avec un air songeur. Par instants seulement, elle courait ramasser les feuilles que le vent bousculait sur son chemin, et elle les portait sur un tas près de la cabane.

— D'où viennent ces feuilles ? s'étonna Corentin. Je ne vois aucun arbre !

La vieille ne répondit pas. Corentin la salua néanmoins avec grand respect.

— Tu agis comme il faut en te courbant ainsi, dit-elle.

Elle baissa sa capuche. De longs cheveux se déroulèrent sur ses épaules, noirs et brillants comme plumage de corneille.

— Viens parmi nous ! proposa l'aïeule.

Mais Corentin ne broncha pas.

Il regardait venir la troisième femme. Elle semblait avoir l'âge d'être mère de l'une et fille de l'autre. Son corps était marqué de plénitude et de force. Elle portait entre ses mains un crâne d'or dans lequel brûlaient des aromates, et elle ne cessait d'aller et venir aux quatre horizons du cercle d'os et de pierre. Elle encensait et parfumait l'univers. Les quatre effluves fusionnaient au centre et montaient en une seule colonne. C'était cette fumée qui avait attiré Corentin.

— Qui te retient de franchir ce cercle ? demanda la dame.

— La prudence et le respect, répondit Corentin en présentant ses hommages.

— Tu te comportes au mieux en agissant de la sorte, dit la dame.

Et Corentin ne put savoir si elle parlait de son salut ou de la réponse qu'il avait faite. La femme secoua la tête. Son chaperon se dégagea, laissant apparaître un casque d'acier et de bronze poli comme un miroir. Mille éclats de feu tournoyèrent aux horizons, faisant hennir et cabrer Beautournoi.

Les Trois Chevaliers Maudits

À cet instant, une rumeur enfla dans le vent. Des hennissements firent écho à ceux de Beautournoi. Non loin, piaffaient et renâclaient des chevaux. On entendit ce bruit de fer froissé que produisent des hommes chevauchant en armures. Soudain, trois chevaliers furent là, sans qu'on ait pu les voir venir. Mais tous les avaient entendus.

Ils n'étaient pas sans ressembler au Chevalier Dérouté dont la voix parlait encore souvent au cœur de Corentin. Leurs palefrois efflanqués avaient peine à les soutenir, et il y avait dans leurs armures des trous de rouille, comme des blessures inguérissables.

— Par saint Michel*, l'aventure nous aura manqué ! soupira le plus grand, qui était aussi déjà vieillard.

— Tant d'errance pour si peu de gain ! se plaignit son compagnon dans la force de l'âge. Par saint Sébastien*, mon arc me démange !

— Et mon épée me chatouille, par saint Georges* ! minauda le plus jeune, qui n'était encore qu'un petit garçon.

Il enleva son heaume et Corentin vit qu'il avait les cheveux blancs comme neige.

— Mais… vous êtes de la même famille, ma parole ! s'exclama Corentin. Ces femmes sont vos sœurs !

— Que nenni ! Comment peux-tu croire que garces et garçons soient de la même famille ? répliqua le vieux. Nous avons une âme et elles n'en ont point… Ces trois sorcières sont des créatures du démon. Le nom de Dieu leur est une offense, elles ne croient qu'aux forces malfaisantes qui bouleversent la terre et le ciel… Allons, doux compagnons, nettoyons cette lande paisible de la vermine qui la corrompt !

Il fit, sur ces paroles, tournoyer la masse garnie de pointes de son fléau d'arme. L'autre avait bandé son arc. Le troisième tirait son épée.

— Messeigneurs, dit Corentin, ces trois dames attendent d'être saluées avec courtoisie. C'est ainsi que doit agir un juste chevalier.

Les trois hommes ricanèrent.

— N'aie crainte, nous allons les honorer comme il convient !

Ils firent avancer leurs chevaux.

— Messires, vous ne passerez pas ainsi ! s'écria Corentin.

Les rires cessèrent.

— Qui es-tu donc, freluquet, à oser parler aux Trois Chevaliers Maudits d'une façon qui nous gerce les oreilles ?

— Je suis Corentin de Perbanlieue, et vous vous méprenez d'agir ainsi.

Corentin voulut remonter en selle pour s'apprêter au combat, mais Beautournoi s'était écarté pour brouter. Il courut vers lui. Dans son dos, il y eut un bruit de sabots précipité puis Corentin reçut entre les épaules un grand coup de plat d'épée qui lui coupa le souffle.

— Finissons-en avec ces trois fées du diable ! clama l'archer.

Et il tira sa première flèche dans le ventre de celle qui attendait l'enfant.

Mais quand il écarta le visage de son arc pour voir comme s'était bien planté le trait, il ne vit qu'une petite fille aux cheveux blancs tenant entre ses dents une flèche brisée. Du sang rouge comme le manteau d'un roi coulait à la pointe de ses dents couleur de perle.

L'archer se signa. Sa main tremblait. Il envoya sa seconde flèche vers le cœur de l'infante. La flèche vola plus vite que le premier rayon du matin, mais ce fut comme si la nuit l'avait saisie, quand la main de la fillette l'arrêta dans sa course. Et la troisième flèche aussi fut capturée dans son élan.

Corentin, voyant cela, se sauva à quatre pattes jusqu'à sa monture qu'il enfourcha résolument. Les autres crurent certainement qu'il allait fuir, mais c'est bien sur eux qu'il arriva fougueusement. Il brandissait haut et clair sa belle épée Sandragon. Et il poussa son cri de guerre : « *Laser !* »

— *Maudit ! À tous les vents, maudit !* répliquèrent les trois chevaliers félons, poussant d'une voix unique leur cri de ralliement.

Le choc serait rude. Des étincelles jaillirent aux sabots et aux armures. Corentin chargeait sans crainte. Les trois chevaliers se heurtèrent du cheval et de la jambe, chacun voulant être le premier. Cette confusion profita à Corentin. Il abattit son épée sur celui qui se présenta et lui fendit le heaume jusqu'aux dents, rompant le haubert et vidant le méchant de ses étriers : le sang lui coula par la bouche et le nez, et la terre s'en abreuva.

Beautournoi sortit de la mêlée, fit sa volte, et se replaça au combat. Les deux chevaliers chargèrent encore.

La masse tournoyante vint siffler aux oreilles de Corentin, mais il esquiva. Le mouvement lui fit rencontrer une lame aiguë dont le fil pénétra sa chair. Mais Sandragon fit merveille, de taille et d'estoc, brisant cotte de mailles et meurtrissant d'abondance. Tant et si bien qu'un autre ennemi alla nourrir de son sang la tourbe putride.

Corentin de son côté avait reçu maintes blessures. Les bruyères alentour en étaient toutes vermeilles. Une écume furieuse bouillonnait aux naseaux de Beautournoi, ses yeux étaient sanglants et révulsés.

Ils ne furent plus que deux adversaires à s'affronter. Corentin ne savait lequel. Le sang l'aveuglait. Sang de ses ennemis, sang de ses plaies, sang de sa rage au combat.

Quand le dernier se présenta, c'était comme mort déjà, car Corentin savait qu'il vaincrait. Il frappa, et Sandragon tailla son chemin dans le muscle et la chair du chevalier sans respect. Heaume et bouclier se fendirent, haubert et cotte furent disloqués. C'est dans la peau blanche que Sandragon découpa les preuves de sa victoire.

— Beautournoi, quel bon cheval tu es ! cria joyeusement Corentin. Tu n'es qu'un lourd palefroi couleur d'acier, et tu as manœuvré au mieux trois destriers*, certes efflanqués, mais rapides et nerveux, et mieux aguerris. Tu es…

Mais les compliments s'arrêtèrent sur les lèvres blessées de Corentin. Car, du sang des trois Maudits, renaissaient pour chacun dix chevaliers en armes.

— *Laser !* hurla Corentin.

Mais Beautournoi resta cadré sur ses membres, dur et figé, ne voulant plus bouger.

Corentin décapita le premier Maudit né du sang de ses frères. Son visage était celui du damoiseau aux blancs cheveux. Son sang coula et dix garçons à la chevelure de neige se levèrent pour le remplacer.

— C'est trop, dit Corentin. Sans assistance ni main forte, je ne peux que succomber !

Il regarda du côté des trois dames, songeant que c'étaient bien des femmes, à rester là sans rien tenter tandis que leur chevalier servant et défenseur se faisait tailler en pièces !

— Viens avec nous, dit celle qui tenait le crâne d'or où brûlaient des parfums.

Corentin hésita encore, mais Beautournoi avait déjà mis le sabot dans le cercle. Monture et cavalier franchirent la ligne d'os et de pierre.

Alors, les trente-neuf Chevaliers Maudits se ruèrent de toutes parts en poussant leurs terribles cris et devises* :

— *Maudit ! À tous les vents, maudit !*

Mais aucun ne put transgresser la limite.

Dans le mouvement même de l'attaque, en l'espace d'un souffle, les trois femmes s'étaient assemblées en une seule. Corentin vit le crâne d'or se changer en une épée flamboyante dont le tournoiement réduisit en cendres le premier cercle d'attaquants. La petite fille aux cheveux blancs devint racine, ses bras et ses jambes s'allongèrent et roulèrent comme des serpents, pour se planter solidement dans le sol. La dame au casque poli devint un tronc compact et invincible. Les cheveux noirs de la vieille s'envolèrent vers les branches, et elle-même devint branches et feuilles. De cet arbre, sortit un grondement épouvantable. Et l'arbre, à cet instant, prit l'apparence d'une ourse affreuse et gigantesque.

— C'est grande merveille ! s'enthousiasma Corentin, malgré le sang qui ruisselait de tout son corps.

Les griffes de l'ourse géante étaient des dagues affilées ; ses crocs, des poignards et des coutelas. Debout, elle balançait ses pattes alentour, fauchant les corps et broyant les âmes. Les chevaliers ne renaissaient plus. Ils pourrissaient aussitôt, leur chair noircie s'évaporait comme rosée, et leurs os blanchis tombaient sans bruit sur les pierres, rehaussant le cercle des vestiges de leur malfaisance.

Ils ne furent plus que trois, à la fin. Un enfant, un homme et un vieillard. Qui s'éloignèrent lentement, silencieux et rouillés, sur leurs tristes chevaux efflanqués.

— Ne laissez pas réchapper vos ennemis ! cria Corentin. Ils ont le pouvoir de renaître de leur sang, et peuvent à chaque instant revenir vous injurier et vous combattre. Peut-être êtes-vous invincibles, mais à quoi bon ce massacre infini ?

Mais nulle voix ne répondit.

« Ils sont venus trois, et trois sont repartis, songea Corentin... Qui pourrait m'expliquer ces signes ? »

Mais il sentit s'abattre sur lui la fatigue immense de la mort. Alors, il versa sur le côté, vidant les étriers et fermant les yeux sur la vie.

L'ourse recueillit Corentin dans ses bras. Elle lécha ses blessures et le coucha sur son flanc, dans la profondeur de sa fourrure odorante, sous la protection de ses pattes désormais pleines de douceur.

Des nuits passèrent et, quand Corentin revint vers la lumière, l'ourse grogna de satisfaction. Corentin s'abreuva de son lait. Il reprit des forces.

« La Voie lactée ! La Grande Ourse ! songea Corentin avec amusement. Ce sont mes bonnes étoiles, qui m'auront guidé jusque-là. »

Et il se souvint aussi que les Celtes appelaient *Chariot d'Arthur* cette constellation qui permettait de trouver l'étoile Polaire, l'étoile du nord.

« Trouverai-je bientôt le chemin d'Avalon ? » se demanda Corentin.

Et il se demanda si la reine Guenièvre était toujours aussi belle, et si Excalibur l'attendait quelque part. Et il s'endormit profondément, pour rêver à nouveau des merveilles.

Il s'éveilla cette fois à la cime d'un arbre. Puis, la fois d'après, sur une basse branche du tronc. Et, pour finir, dans l'entrelacs des racines qui couraient sur le sol avant de plonger vers les mystères ténébreux de la terre.

Un matin, il se mit debout.

L'arbre avait disparu. Les trois femmes vaquaient à leurs occupations. Et Clotilde la fée se tenait devant lui.

— Corentin de Perbanlieue, oublierais-tu la Quête ?

— Mais non ! râla Corentin. J'ai été terriblement blessé, fallait que je récupère. Laisse-moi me refaire une santé !

— Tu es bien ici ?

— Parfaitement bien !

Il bâilla et s'étira.

— Tu as grossi, dit Clotilde.

Et la chose paraissait l'inquiéter.

— Je suis si bien ici, c'est vrai, dit Corentin. Je n'ai plus guère envie de partir. Je dors beaucoup et je fais des rêves merveilleux, comme si toutes mes aventures se déroulaient tranquillement dans ma tête... C'est aussi bien, dans le fond !

Cette fois, Clotilde parut très soucieuse.

— Il faut quitter ce monde !... D'autres sont venus avant toi. Ils sont devenus gras et lourds, n'ont plus voulu bouger. Ce sont maintenant ces pierres inertes et stupides que tu vois là-bas au bord du cercle, à la frontière des deux mondes.

La dévorante et la désirée

— *Pierres blanches, couleur de lait !* chantonna Corentin.

La vieille femme s'était approchée peu à peu. Elle fauchait devant elle un blé tendre qui mûrissait à l'instant d'être coupé. Et derrière elle le blé repoussait aussitôt. Elle allait et venait, recoupant à n'en plus finir le même chemin de moissons.

Il y eut un grand cri, du côté de la cahute, puis des pleurs légers se firent entendre.

— Un bébé ! s'étonna Clotilde.

Déjà la vieille était partie en courant. La faux aiguisée gisait au milieu du chemin, bientôt submergée par la douce marée du blé vert agité par le vent.

— N'y va pas ! prévint Corentin.

Mais la fée insouciante allait d'un pied agile. Elle arriva près de la cabane. La fillette aux cheveux blancs venait de donner le jour à un bel enfant, qu'elle tendit à la vieille.

Sans même le regarder, la femme aux cheveux d'ébène y planta les dents pour le dévorer aussitôt. Elle jeta les os fragiles et menus là où pierres et ossements s'amoncelaient.

— Je t'avais prévenue ! dit Corentin. Les usages ici sont inhabituels.

La petite fille disparut dans l'antre obscur de la cahute. Il y eut des cris étranges, des souffles, des soupirs. Et quand la demoiselle ressortit, son ventre était rond à nouveau.

— C'est à n'y rien comprendre, hein ? ricana Corentin.

Mais Clotilde ne montrait pas le visage d'horreur que Corentin attendait.

— Il y a la désirée, il y a la dévorante, dit-elle.

Ses yeux étaient clos et la voix en elle venait de très loin, ses lèvres ne bougeaient pas, sa bouche restait fermée.

— Celle qui parfume l'univers mène les combats... Trois en une. Elles sont les mères de l'univers, les trois âges de toute vie. Elles t'abreuvent du lait de la vie et du lait de la mort.

Corentin avait quelque difficulté à suivre ce discours. Au fond de lui, pourtant, il savait que *quelque chose* connaissait ces mystères, et le sens de ces enchantements. C'était pourquoi il ne s'en inquiétait qu'à demi, puisque aussi bien il ne les comprenait qu'à demi.

— Voilà beaucoup de réponses pour une même question ! fit-il remarquer.

— C'est ainsi, répondit Clotilde. Tout peut être compris de diverses façons. Il y a toujours plusieurs explications aux choses.

— Ces trois-là, finalement, sont peut-être bien des sorcières... même si je n'ai pas voulu préjuger de cela.

— Il y a la désirante, il y a la dévorée... Ici, la terre est gâtée, dans l'attente du retour fécond. La Table est dévastée et le Royaume est stérile... N'est-ce pas toi, Corentin de Perbanlieue, qui as pour mission de restaurer la Table ?

— Tous les chevaliers dans l'errance ont cette mission... Même les Maudits de la lande.

— C'est pourquoi ils sont félons. Ils disent avoir Dieu avec eux. Ils invoquent les saints guerriers et portaient autrefois armure d'émail noir comme ténèbres, ornée de fil d'argent. Leurs heaumes arboraient une tête de mort, disant qu'ils ne la craignaient pas, la mort ! Et ils la donnèrent abondamment aux autres... Ils sont rouillés mais toujours à l'affût. Ils ont oublié dans leurs croisades le message d'amour du Fils de Dieu.

— Ils disent que les sorcières de la lande sont des adoratrices du démon. Elles ne sont pas, en tout cas, de la même religion !

— Au pays du Graal, Corentin, les plus anciennes croyances côtoient des dogmes qui paraissent plus neufs donc plus justes. Des courants se mêlent et d'autres s'affrontent. Chacun a son idéal du Graal. Seule importe la Quête.

— Est-ce que je dois vraiment comprendre tout ça ? se demanda Corentin. Tout est si difficile ! Dans mes rêves, je vois une boîte avec une fenêtre obscure. Avec le doigt, j'appuie sur un bouton et la fenêtre s'illumine de cent mille aventures... C'est plus facile... J'aimerais retourner dans ce pays.

— Tu peux abandonner la Quête, Corentin... Tu le peux. Tant de chevaliers l'ont déjà abandonnée !

La voix était comme une fumée autour de Clotilde. Elle s'effaça. Corentin entendit mal les derniers mots. Il plissait les yeux, comme si les paroles avaient pu se lire dans l'air. Il en vint à fermer les yeux. Et quand il les rouvrit, Clotilde avait disparu.

Il entendit au loin une parole comme une musique :

— Celle qui embaume l'univers est la femme éternelle. Elle a versé le parfum sur la tête et les pieds du Seigneur*, à cause de sa sépulture. Grâces lui en soient rendues !

« Ainsi, se dit Corentin, il est temps pour moi de repartir. »

— Et pour aller où ? demandèrent les trois sœurs de la lande.

— Je dois retrouver le Roi et fléchir le genou devant la Reine.

— Tu veux faire sortir de l'ombre ceux qui ne sont devenus que des ombres ? À quoi bon ?... Nous t'avons arraché aux obscurités de la mort qui planaient sur ton front, et tu veux nous quitter pour aller vers le Pays des Ombres ? Quel ingrat tu fais !

Et, sur ces paroles, elles se mirent à sangloter de la plus déchirante façon. Corentin en avait le cœur tout meurtri, les larmes lui venaient aux yeux. Il songea qu'il fallait rester. Ici, au moins, il était hors de danger.

Mais c'est à travers ses larmes qu'il prit conscience d'une chose étonnante : les trois dames de la lande —

bien que le soleil les frappât de plein côté — étaient dépourvues d'ombre. Et lui-même, Corentin, n'avait plus qu'une ombre bien courte, alors que le couchant aurait dû étirer sa silhouette jusqu'à l'horizon du levant.

— Je vais perdre mon ombre... comme vous avez perdu la vôtre. Je n'aurai plus qu'à tourner dans le cercle, fauchant le blé qui repousse éternellement, amassant les feuilles tombées de l'invisible, et creusant avec mes ongles pour trouver des racines...

Elles rirent, toutes les trois.

— Tu ne peux pas servir à cela !... Nous avons pour toi un autre destin... Reste avec nous !

Leurs voix étaient douces et pleines d'harmonies. Les aromates qui brûlaient dans le crâne d'or tissaient autour de Corentin des liens invisibles dont il ne voulait plus s'arracher. Mais la voix du Chevalier Dérouté régnait aussi dans sa mémoire et dans son cœur. Elle parla en lui à cet instant :

— Je ne puis rester ! dit Corentin.

Et il bondit vers Beautournoi pour se mettre en selle.

Les trois mères de la lande poussèrent une immense clameur de fureur dépitée. Elles ne furent qu'une et se transformèrent en cet arbre frémissant qui prit aussitôt la forme de l'ourse féroce.

Le fauve courut vers Corentin pour l'égorger, le déchiqueter, le dévorer.

Corentin voulut tirer Sandragon de son fourreau, mais la fière épée restait soudée à son étui.

— N'ai-je pas été assez sot de me déposséder comme je l'ai fait du gantelet de la force ! hurla Corentin, autant de dépit que de terreur.

Mais il se souvint du don de Bohort, de l'échange qu'il avait fait : la lance brisée pendait au troussequin de la selle. Corentin n'avait que cette arme. Il prit la lance et la serra sous son aisselle, bien calée sur le bord de son écu.

Et, quand il sentit sur son visage l'haleine cruelle de l'ourse, il mit toute sa force restaurée dans le coup qu'il portait. Il plongea la lance brisée au cœur de la bête, et la lance brisée lui brisa le cœur.

— Aie de moi mercy ! dit Corentin. Mais comment faire autrement ?

En trois bonds, Beautournoi avait sauté le rempart d'os et de pierres. Corentin entendit dans son dos les cris d'agonie de la bête, puis un craquement d'écorce et le frémissement du vent dans les feuilles.

Quand il se retourna, les trois femmes avaient repris leurs occupations paisibles et pas un regard ne venait vers lui. La fumée odorante montait vers les cieux et parfumait la terre.

Corentin, triste et silencieux, laissa Beautournoi l'emmener lentement vers le couchant, parmi les bruyères, la tourbe et le roc.

V

LA CAROLE ENVOÛTÉE

La pluie, la pluie, la pluie… Corentin ne distinguait plus le ciel ni la terre. Tout n'était qu'une eau grise couleur d'acier, couleur du pelage de Beautournoi, qui en devenait cheval invisible. Le sol inondé n'était qu'un miroir, donnant l'illusion de cheminer tête en bas dans un univers vaporeux aux repères impossibles.

Corentin et Beautournoi chevauchaient sans mémoire dans la pluie tenace, ayant oublié les jours et les nuits. Des nappes d'eau effrangées couraient sur les flancs du cheval. Des rigoles dévalaient sur le dos du cavalier, de son crâne à ses orteils en suivant la gouttière de son échine courbée. Deux ruisselets serpentaient derrière ses oreilles.

Corentin supportait comme il le pouvait cette épreuve : les chevaliers errants sont toujours la proie des intempéries… Et tant pis s'il n'était même pas chevalier ! La pluie tombait de même !… Il rêvait de sortir de la pluie comme on quitte un lit humide. Il rêvait d'entrer dans le soleil.

Or, ayant rêvé assez pour croire que son rêve était vérité, il entra d'un coup dans le soleil. La pluie resta en arrière, comme un rideau accroché à des branches. Et Corentin s'avança dans une prairie ensoleillée, verte et brillante comme un émail d'émeraude.

Au cœur de la prairie, on dansait autour d'un arbre orné de fleurs et de rubans. La musique du bal était vive et joyeuse, rythmée de grelots et de tambourins.

Corentin se sentit tout sec et fringant du poil et du cœur.

Ce pourtant, Beautournoi renâclait.

— N'avance plus ! prévint une voix menue. Garde-toi bien !

Corentin se haussa sur ses étriers pour chercher qui parlait. Il ne vit rien. Beautournoi avança quelque peu, moins pour aller danser que pour brouter l'herbe grasse.

— Halte ! Tu cours au plus grand péril ! proclama la même voix.

Corentin tourna le visage de tous côtés. De l'eau de pluie, qu'il avait encore dans les oreilles, s'ébroua en mille gouttelettes autour de sa tête. Il ne vit toujours rien. Mais, là où les gouttes tombèrent, mille fleurs vinrent broder la prairie. Orange et jaunes, bistrées, beiges.

— Holà ! Monsieur a des grâces particulières !... Il fait pousser des fleurs avec sa tête. Des fleurs d'oreille, couleur de boulettes !

— Mais qui êtes-vous, où êtes-vous ? s'énerva Corentin.

— À vos pieds, monseigneur !

Corentin se pencha sur l'arçon. Il aperçut dans l'herbe un petit être à peine plus grand que les plus altières graminées.

— Prenez garde de n'être point piétiné par les sabots lourds de mon palefroi bien-aimé ! avertit Corentin.

— Je prends garde, je prends garde ! répliqua la petite chose, avec une parfaite bonne humeur. Les destriers véloces m'ont épargné. Ainsi que les haquenées* caparaçonnées, les roussins, coursiers, courtauds, sommiers et autres bidets !... Pourquoi craindrais-je ton palefroi ?... Même les charges des petits chevaux maures, prompts et vifs comme l'éclair, n'ont jamais pu me trépigner !

Corentin descendit de selle. Il s'assit dans l'herbe, regardant avec étonnement l'homme si petit mais parfaitement conformé. Il avait le crâne sans cheveux mais une barbe blanche, légère et mousseuse comme celle des fleurs de pissenlit. Sa robe de bure, tenue à la taille par une cordelière, était marquée d'une croix rouge.

— C'est que je reviens de Palestine ! expliqua avec fierté le croisé* minuscule. On m'appelle Nestorius le Bref. Ayant fait pèlerinage au tombeau du Christ, je suis désormais connu comme marchand de saintes reliques*. Je n'ai rien d'encombrant à te proposer, comme font certains : fémur, tibia, occiput... voire le bras tout entier avec son épaule ou le bassin iliaque et son sacrum ! Mais...

Corentin écoutait, avec un sourire niaiseux, tandis que le petit vieillard fouillait dans un coffre reliquaire dissimulé dans une touffe de millepertuis.

— Tu ne comprends rien ! constata Nestorius. Ni aux chevaux ni aux ossements. Le chevalier, pourtant, se compose de différentes espèces d'os et de chevaux !

— Je ne suis pas chevalier, dit Corentin.

— Pour sûr, je le vois bien. Tu n'es qu'un nourri*, pas même un varlet ! Et pourtant, te voilà mieux armé qu'un écuyer.

— C'est que j'ai déjà tué quelque dragon et mis à mal de nombreux chevaliers félons, répliqua Corentin avec une fierté qui valait bien celle du bonhomme.

Mais il vit bien que l'autre ne le croyait guère.

— Ces exploits remarquables ne pourront que s'améliorer par la grâce des saintes reliques ! encouragea Nestorius. Que dirais-tu d'un poil de la queue de l'ânesse qui servit de monture à Notre-Seigneur* à son entrée triomphale à Jérusalem ?

Il agita sa main comme s'il tenait quelque chose, mais Corentin ne vit rien.

Corentin fit la moue. Nestorius baissa la voix, confidentiel.

— Si c'est une question de prix, j'ai aussi du poil de cet ânon qui accompagnait sa mère en ce beau jour des Rameaux... Plus petit, mais très avantageux... Ou bien un pleur de la Madeleine*, une goutte d'eau tombée des doigts de la Samaritaine* ?

— Oh non ! Pas d'eau !

— Mais alors que veux-tu ? dit Nestorius d'un ton déçu.

— J'irais bien danser un peu. Voilà qui me délasserait, après tant de chevauchée sous les averses. Ces jeunes gens sont sveltes et agiles. Et les filles sont belles !

— N'y va pas ! Tu t'en repentirais ! se fâcha Nestorius.

Mais Corentin s'était levé. Il marchait déjà vers la ronde qui n'en finissait pas de s'enrouler et de se dérouler sous les pommiers de la prairie.

Nestorius releva sa tunique à deux mains, pour bondir autant qu'il le pouvait par-dessus herbes et fleurs.

— N'y va pas, te dis-je ! C'est grand danger !

— Il n'y a là rien qui puisse faire peur.

— Achète-moi, au moins, une phalangette d'un des Saints-Innocents massacrés par Hérode, un fétu de paille de la Crèche, une crotte du chameau des Rois mages…

— Rien du tout !

— Une écharde du lit de Lazare* ? Un verre du vin des noces de Cana*… ou alors de l'eau, c'est juste avant le miracle et c'est moins cher !

— Encore de l'eau !… Non ! te dis-je. Et je n'ai pas un sou vaillant.

— Dans ce cas, aucun charme ne pourra te protéger du sortilège.

À ces mots, Corentin s'arrêta net. Il allait entrer dans la danse, ayant déjà tendu les mains vers ceux qui l'invitaient à rejoindre cette farandole endiablée.

— Endiablée, en effet ! s'exclama Corentin en baissant tout soudainement les bras, au moment même où les doigts des danseurs allaient le crocheter pour l'entraîner.

Et il comprit qu'il venait d'échapper à un grand danger, en vérité !

Les danseurs, qui de loin paraissaient si beaux, si jeunes et fort graciles, avaient au plus près d'étranges figures. Certes, ils savaient lever les genoux, tenir les bras bien haut avec élégance et battre du pied pour rebondir sans cesse dans leurs pas entrecroisés, mais quelque chose n'allait pas. On leur voyait des visages d'inquiétude aux yeux creux de fatigue, pupilles dilatées d'effroi et d'affliction. Leurs joues ruisselaient de mauvaise suée, leurs dents grinçaient avec des bruits de girouettes rouillées secouées par un vent fou.

— Doux Jésus ! s'exclama Corentin. Voici de drôles de gambilleurs !... Gentils compagnons, je vous prie, cessez de danser à rendre l'âme. Prenez le temps d'un repos.

— Ils ne voudraient que cela ! ricana Nestorius le Bref. Mais cette carole est envoûtée. Elle dansera jusqu'à la nuit des temps, nul ne pourra jamais l'arrêter. Tous ceux qui sont pris dans cette sarabande devront danser la carole pour l'éternité !

— Tu veux dire que tous ces gens sont prisonniers de la sauterie ? Et qu'elle ne cessera jamais ?

— C'est exactement ce que je dis, en effet.

— Et tu t'es bien gardé de m'en avertir...

Nestorius fronça un sourcil vexé.

— Ça alors ! Je n'ai fait que te mettre en garde !

— Si l'on veut... mais sans dire la vérité du danger... Et pour tenter de me vendre tes brimborions !

Le marchand de reliques se signa par trois fois.

— Par Dieu, un blasphème ! Nommer « brimborions » les précieux témoins de notre Sainte Histoire !

— Est-ce que ça marche, au moins ? demanda Corentin sur un ton plus amusé.

Nestorius dissimula derrière sa barbe son incertitude boudeuse.

— Par la Vraie Foi, je ne saurais dire ! Personne encore n'a voulu m'acheter quoi que ce soit... Mais les voilà tous à danser la gigue jusqu'au jour du Jugement ! Ils étaient bien fols de me rire au nez. Qui peut assurer que les saintes reliques ne les auraient pas protégés ?... Il n'y a que la foi qui sauve !

Corentin regardait à nouveau avec effarement les danseurs endiablés. La ronde s'était brisée et ils dansaient désormais par couples, se tenant deux par deux par la main ou le doigt, et tournoyant comme s'ils allaient soudainement s'effondrer morts. Mais nul ne trébuchait, tout était parfait dans les mouvements et l'allure.

— Comme ils souffrent, je le sens bien ! s'exclama Corentin.

— C'est pour leurs péchés, dit Nestorius. Dieu les punit !

— À moins qu'une diablerie ne les ait envoûtés ! s'insurgea Corentin. N'as-tu pas, tout à l'heure, parlé de maléfice ?

— Si fait !... Sortilège, j'ai dit. Car tu es un mécréant qui ne veut pas croire à mes reliques mais accepterait la magie, qu'elle soit noire ou blanche ! Est-ce que je me trompe ?

Corentin hésita. Il y avait en lui des ombres et des lumières qui s'affrontaient, des souvenirs d'un Pays d'Ailleurs que la Forêt d'Oubli n'avait pas entièrement effacés.

— Je marche, dit-il, sur la Voie des enchantements. Et ce chemin me conduit où il le veut. Ce n'est pas moi qui le prends, c'est lui qui m'attrape.

À cette tirade, le Bref hocha la tête de droite et de gauche, avec une moue grincheuse et la plus extrême perplexité.

— Ce n'est pas à moi de t'enseigner sur ce point. Je me suis fait moine en Terre Sainte et j'ai fait vœu d'entraver les superstitions... Il faudrait demander à mon chien.

— Votre chien ?

Nestorius siffla avec deux doigts dans la bouche et, aussitôt, un aboiement extraordinairement féroce et puissant se fit entendre au-delà des bocages et des vallons.

Le Chien d'Orgueil

Le sol se mit à trembler. Un molosse surgit, aux enjambées immenses, aux babines claquantes comme les voiles d'un navire dans la tempête. Sa langue pendante et essoufflée aurait pu laper d'un coup tous les danseurs sur le pré. Sa peau était pourpre.

— Quel monstre ! s'effraya Corentin en mettant la main à l'épée.

— Il est tout à fait gentil, rassura Nestorius. Couché ! Aux pieds, Chien d'Orgueil !

Le molosse s'allongea, la tête entre les pattes. La terre trembla une dernière fois. Les oiseaux qui s'étaient envolés vinrent se reposer sur leurs branches.

— Vous si petit, messire, avec un chien si gros ? s'étonnait Corentin.

Nestorius expliqua :

— Je fus un bel homme bien découplé et bâti, et tout bouffi d'orgueil. J'avais un chien corniaud et rabougri… Me voici désormais d'une humble petitesse, et le mâtin s'est grossi de toute ma vanité. Vois, il a la couleur de l'orgueil ! La couleur pourpre de ceux qui se prétendent roi !

— Mais comment cette chose est-elle possible, si ce n'est par enchantement et sortilège ?

— Je ne puis t'en dire plus, dit Nestorius sur un ton d'excuse. Les voies du Très-Haut sont impénétrables et j'ai en ce monde, moi aussi, mon petit chemin à faire… Adieu, doux compagnon ! Que Notre-Seigneur t'ait en sa Sainte Garde !

Il fit un signe de croix pour bénir Corentin. Puis il chargea son coffre sur ses épaules et s'éloigna dans les herbes.

— Mauvais endroit pour le commerce et la prière, maugréa-t-il. Trop de bruit, et pas de client. Et ce Chien d'Orgueil qui grossit encore ! Est-ce de m'avoir mangé tout entier le bras gauche de saint Dextrochère ?... Et la culotte de saint Dagobert, avec son ossature complète ?... Il ne me reste que des brimborions, garçon, tu as raison !

— Attendez ! dit Corentin, ne partez pas comme ça... Je vous ai vexé ?... À trois, il y a peut-être moyen de faire quelque chose pour tous ces pauvres gens ?

Beautournoi, qui s'était éloigné dans la prairie pour y paître paisiblement, se rappela à son maître par un discret hennissement.

— À quatre ! rectifia Corentin. Un pour tous, tous pour un !

Nestorius se retourna, hésitant.

— Voilà bien de ces damoiseaux errants qui traquent sans répit la veuve et l'orphelin ! ronchonna-t-il. De quoi vas-tu te mêler, encore ?

— Mais je suis moi-même orphelin ! s'insurgea Corentin.

— Et j'ai, pour ma part, une veuve qui me pleure quelque part ! rétorqua Nestorius. Elle me croit mort en Palestine... et peut-être que je le suis, après tout... Minuscule au point de n'être presque plus rien.

— Meuh non ! rassura Corentin. Je vous distingue parfaitement bien !

— Quand même ! Je rapetisse indiscutablement. À chaque aube, un petit morceau de moi-même s'évapore comme rosée au soleil. Bientôt, je disparaîtrai tout à fait à la vue de mes contemporains !

— Nous n'en sommes pas là ! répliqua Corentin avec une certaine indifférence. Occupons-nous plutôt de combattre les sortilèges.

Beautournoi avait reniflé l'imminence d'une intéressante aventure. Il s'était approché au petit trot, et Corentin fut vite en selle.

— Chargeons ! dit-il en brandissant sa fière épée Sandragon. Laser ! Laser ! Laser !

— Chargeons quoi ? s'étonna Nestorius en grimpant vaille que vaille dans la crinière du Chien d'Orgueil, tout en essayant d'arrimer entre deux belles touffes de poil le coffre de ses reliques.

— Hue donc, Chien d'Orgueil ! Si tu sais la vérité que ton maître ne veut pas connaître, montre-nous le chemin ! commanda Corentin.

Le chien pourpre s'en alla aussitôt à une allure de maraude, pattes lourdes et langue pendante. Beautournoi suivit de côté, car il ne voulait pas avoir l'air d'être à la remorque d'un chien, fût-il aussi énorme et formidable.

Ils arrivèrent bientôt à l'autre bord de la prairie et s'arrêtèrent. Car, au-delà, il n'y avait rien !

Aux frontières du rien

Rien de rien. Vraiment rien. Ce n'était pas le vide d'un précipice au bas d'une falaise, ou l'azur infini du ciel, c'était… rien. Pas même le noir absolu des ténèbres. Car la couleur noire, c'est encore quelque chose.

— Ça n'est qu'un sortilège pour nous effrayer, dit Corentin en fermant les yeux (car à quoi bon les ouvrir sur *rien* ? Au moins, comme ça, il voyait du noir et, parfois, de petites traces lumineuses, certes incertaines mais quand même rassurantes !). Passons outre ! dit-il d'une voix déjà moins fière.

Il poussa Beautournoi de deux beaux coups de talons dans les flancs, mais une chose plus extraordinaire encore survint : le cheval avança, mais sans changer de place. Il bougea… tout en restant immobile !

— Ici, c'est le bout du monde, la fin de l'univers, déclara Nestorius en se signant. Pourquoi prétends-tu pénétrer dans le rien ? Dans le rien il n'y a que du rien. Et si toi tu es du quelque chose, tu ne peux exister dans le rien, qui est exclusivement composé de rien sans aucune chose ! C'est quand même facile à comprendre !

Corentin n'avait pas la tête philosophique. Il fit tourner son palefroi et retrouva avec plaisir le spectacle de la prairie aux joyeux danseurs éternels.

— Allons, le chien, trouvons une autre piste !

Le Chien d'Orgueil renifla les alentours, battant de la queue et furetant en crochets, comme cherchant une brèche dans la clôture invisible qui les séparait du néant. Soudain, il partit à contresens, refit le chemin inverse et buta bientôt à l'autre rive de la prairie.

— C'est impossible ! s'insurgea Corentin. C'est par là que je suis venu, tout à l'heure. Il y a une porte quelque part !

Mais il n'y avait rien, absolument rien de rien.

Ils repartirent. Ils allèrent partout, et revinrent, traversant la prairie en tous sens et de part en part. Le résultat fut à chaque fois le même.

— Regarde l'herbe foulée et la terre mise à nu ! clamait Nestorius. On y voit la trace des pattes du chien et des sabots du cheval. Cent fois nous sommes passés là !… Mais il me semble…

— Quoi ?

— Que nos chevauchées sont plus courtes.

— Plus courtes ?

— Nous allons d'un bord à l'autre en quelques enjambées, désormais. Oui, l'univers se resserre ! Le néant nous encercle et nous repousse. Le rien gagne du terrain sur le quelque chose, et bientôt il n'y aura plus que du rien !... Cessons de courir ainsi frénétiquement en tous sens. Prenons le temps de la sagesse et du repos. C'est de notre faute sans doute, si le monde se rabougrit ! À trop vouloir le mesurer, nous l'étrécissons.

Corentin fit encore quelques voyages, afin de s'assurer que le moinillon disait juste. Et il fut clair que les murs de l'invisible entouraient la prairie en l'écrasant peu à peu. Inexorablement.

— Mais les chevaliers dans l'errance ont pour mission de parcourir un monde éternel aux frontières infinies ! dit Corentin. C'est pas de jeu !

Nestorius fut sensible à la remarque.

— En effet, tu as raison, dit-il en se lissant la barbe avec circonspection. Mais à vrai dire, tu n'es pas chevalier, non plus ! grinça-t-il entre ses dents jaunes qui ressemblaient à des osselets de saintes reliques. La fin des temps serait-elle arrivée ? Serions-nous perdus sur la dernière île de l'Apocalypse ?

— Nenni ! Il n'y a là que sortilège et maléfice !... Je vois bien ce qui se passe : le rien nous repousse vers le centre de la prairie, là où se tient la carole envoûtée. Et c'est pour nous obliger à entrer dans la sarabande démoniaque afin de nous y perdre à tout jamais parmi les damnés !... Ce Chien d'Orgueil est d'un orgueil stupide et vain ! C'est un corniaud rougeâtre, tout juste capable de courailler d'un bord à l'autre comme un bâtard en maraude !

Nestorius se signa par trois fois, « au Nom de la Sainte Trinité » crut-il bon de préciser.

— Ne lui parle pas comme ça ! C'est un vaniteux ! dit-il à Corentin. Il est capable de te dévorer d'une bouchée. Pourquoi veux-tu le rabaisser par des injures ? C'est un bon chien, je t'assure. Fidèle et discret... hormis sa taille et ses aboiements, bien sûr !

Mais Corentin était furieux. Il continua de s'emporter envers le Chien d'Orgueil, le traitant même de « moins que rien ».

Alors, d'étranges prodiges s'accomplirent.

D'abord, le chien injurié se fit hirsute. Tous ses poils se dressèrent comme des épines, des dards acérés. Nestorius dégringola bien vite jusqu'à terre.

Puis le chien hurla à la mort. Son aboiement gigantesque s'entendit sur toute la surface de la terre.

— Tu as beau te gonfler d'orgueil et de suffisance, dit Corentin, tu n'es qu'un minable petit cabot !... Inutile d'ouvrir cette gueule démesurée, de faire luire tes crocs au soleil et de nous inonder de ces flots de salive qui bavent de tes babines ! Je n'ai pas peur de toi... Dégonflé !

— Tu le rabaisses trop ! criait Nestorius. Méfie-toi !

Mais le Chien d'Orgueil, rabaissé par les injures, commença à perdre du volume. Il hurlait et s'ébouriffait, pour se faire plus gros qu'il n'était... Mais bientôt, il ne fut plus si gros que ça. Et même pas gros du tout. Un petit roquet, une boule de poils gonflée, un caniche aboyant d'une voix de fausset, voilà ce qu'il était devenu !

Dans le même temps, Nestorius avait doublé de taille, triplé, décuplé... La robe de bure avait éclaté et les jambes menaçantes et pourpres du géant nu s'approchèrent de Corentin.

— C'en est trop ! tonna la voix de Nestorius. Je suis l'être le plus puissant de la terre et tu m'as insulté par mon chien bien-aimé... Tu t'es moqué de moi, tu m'as dédaigné quand je n'étais qu'un marchand de reliques humble et minuscule… Tu vas payer !

Disant cela, il fit tournoyer un os gigantesque dont il voulait se servir comme d'une massue. En vibrant dans l'air, l'os ronflait comme une voix de sourde remontrance venue d'un monde enfoui. Et une colonne d'ombre glacée vint clouer Corentin et sa monture dans l'immobilité d'une terreur sacrée. Pouvait-il lutter contre cette chair rouge qui le dominait pour l'écraser ?

Il supplia Nestorius d'arrêter ce jeu. Il avait eu peur suffisamment ! Il regrettait… Mais Nestorius le Magne ne l'entendait pas de cette façon !

Alors Corentin mit à son poing dextre* l'épée Sandragon ; et, au poing senestre*, la lance brisée de Bohort. Et il accepta le combat.

Ce fut une guerre terrible dont nul n'oserait parler tant les coups qui s'y donnèrent le furent avec grande hargne et impitoyable effroi. Une nuée ténébreuse entoura les belligérants, masquant leurs exploits et les cent mille horions administrés d'une part autant que d'autre. Une pluie de sang vermeil moucheta les herbes de la prairie.

Mais quand le soir arriva, Nestorius était mort. Son dernier cri, interminable et rauque, donna pour Corentin un nom à cette prairie, dont l'encerclement invisible recula aussitôt. Ce nom qui est resté secret jusqu'à ce jour, mais que d'aucuns disent être celui-là même du Pays des Ombres…

Le chien petit mordit la grande carcasse au col et l'entraîna dans les buissons pour la dévorer.

Alors, la musique cessa et la danse s'arrêta.

— Ouf !… Sois béni ! crièrent les danseurs en applaudissant Corentin.

Ils se laissèrent tomber dans l'herbe, bras en croix, regard au ciel, soufflant par la bouche et le nez, à n'en plus finir.

— Cette carole était envoûtée, dit Corentin. J'ai tué le géant qui vous avait jeté ce sort et, maintenant, le maléfice est levé.

— Grâces t'en soient rendues ! Mille grâces ! crièrent damoiseaux et damoiselles. Deviens, pour nous, roi de ce pays ! Le château n'est pas si loin, son perron est magnifique, les tours en sont hautes et fines. Ne vois-tu rien ?

Corentin aperçut, en effet, au-delà de ce quelque chose qui avait été le rien, les clochetons et les toitures d'un castel élancé.

Mais il remarqua aussi un vol noir de neuf corneilles ricanantes, et son cœur se serra de méfiance.

— Va au château ! Fais-toi reconnaître. On t'ouvrira les portes et tu seras roi !

Corentin ne laissa rien paraître. Il descendit de cheval et s'allongea dans l'herbe parmi les ballerins déjà reposés qui s'appuyaient joliment sur un coude en pliant galamment le genou.

Alors, à cet instant, il reconnut sa mère et son père, qui souriaient à ses côtés.

Ils étaient assis au pied d'un chêne et installaient devant eux la nappe d'un déjeuner. Un damier rouge et blanc, aux couleurs de l'écu de Corentin.

— Mais vous n'êtes donc pas morts ? s'étonna Corentin.

Ses parents sourirent, mais sans répondre.

Alors Corentin eut peur malgré la joie de les revoir. C'était dans sa mémoire d'Outre Monde, mais il savait bien que ceux qui lui avaient donné la vie dormaient pour toujours sous la pierre froide, dans une banlieue fort lointaine.

— Bien des épreuves t'attendent, mon Corentin, dit la voix de la Mère. Aie grand courage et belle endurance !

Mais Corentin ne vit pas ses lèvres remuer.

— Tu devras compter sur ta bravoure, toute ta force, et seulement ta vertu ! résonna la voix du Père. Les enchantements ne sont qu'illusions.

Un festin dans la prairie des ombres

À ce moment, de beaux et sveltes jeunes gens apportèrent la nourriture. De la viande tranchée, sur un grand plat ovale de l'or le plus fin et tout serti de gemmes resplendissantes. Un valet découpa d'autres morceaux plus fins dans un tailloir* d'argent vif. Une blonde pucelle, sur des ronds de pain blanc, posait la viande avec des gestes délicats. Et un bouteilleur au silencieux sourire versait dans des coupes bon vin de mûre et clair sirop, ou vin cuit parfois, au miel et au piment.

Mais, curieusement, Corentin ne ressentait aucun appétit. Quand on lui tendit sa tranche de pain garnie de venaison, ses bras sans force ne purent rien saisir.

— C'est une hanche de cerf bien bouillie aux épices. Et recuite à grand feu dans sa graisse poivrée. Goûte donc ! dit-on à Corentin. Tu auras bientôt la force d'aller baller.

— Préfères-tu héron rôti, cigogne à l'échaudée, lièvre à l'écorchée, ou galimafrée* de vanneaux, tourterelles et pluviers ?

— J'ai pas faim ! dit Corentin.

— Voyons, Messire ! Il faut reprendre des forces. Toutes vos forces ! Après ce rude combat. Et avant d'entrer dans la danse.

Déjà les filles les plus belles lui souriaient en penchant la tête, ravissantes. Elles lui tendaient le bout de leurs doigts effilés, et battaient des cils avec la plus contrefaite timidité.

— Mais je ne veux pas danser, non plus ! s'irrita Corentin. C'est terminé, tout ça !

Beaux seigneurs et gentes dames le regardèrent avec un étonnement presque méchant. Corentin entendait leurs voix sans jamais savoir qui parlait. Il chercha des yeux son père et sa mère, mais ne les trouva plus.

— Mange un peu ! Il faut manger. Rassasie-toi… Après, tu te sentiras si bien…

Corentin voyait les tartines passer de main en main, les tailloirs et les plats circuler, les coupes et les gobelets, les hanaps*… mais personne ne paraissait décidé à consommer quoi que ce soit.

— Vous-mêmes, vous ne prenez rien ! fit remarquer Corentin.

— Ce festin est pour toi. En ton honneur, murmura une voix douce de jeune fille qui avait comme un frisson amoureux. Mange ce pain d'immortalité ! Bois le vin d'éternité !… Pour nous, cela n'est plus utile.

Mais Corentin ne fit que se méfier davantage, même s'il sentait bien la faim et la soif tapies derrière la crainte panique qui l'empêchait de saliver. Il vit la nuit qui arrivait derrière le couchant flamboyant de ses derniers feux.

Et soudain, comme il jetait dans l'herbe les mets qu'on lui tendait de toutes parts avec une obstination suppliante, Corentin vit se décharner les visages, se parcheminer les mains, s'effriter les costumes.

L'ombre envahit la prairie. Et une odeur de pourriture mortelle monta de tous côtés.

Les gens s'étaient remis debout. Mais ils n'étaient plus que cadavres, squelettes et dépouilles aux chairs putréfiées, aux globuleux yeux morts dans des crânes aux mâchoires claquantes d'un vilain rire muet.

Les beaux atours n'étaient que guenilles poudreuses et déchirées. Et c'étaient des morts qui se mirent à danser sous la lune, au rythme sourd de l'étrange musique, tout aussi majestueuse et obstinée qu'elle l'avait été aux heures de plus grande lumière.

— Viens ! Viens avec nous ! Viens dans la ronde ! clamaient les voix alentour de Corentin.

— Nenni que nenni ! hurla Corentin. La grande danse macabre* n'est pas pour moi !

Des mains osseuses se tendirent, sans nulle chair, mais aux phalanges ornées d'anneaux précieux qui tournaient sur eux-mêmes en jetant des éclats maléfiques.

Corentin sauta d'un bond sur la croupe de Beautournoi. Bien calé en selle, il brandit Sandragon et trancha d'un moulinet les poignets qui voulaient l'arracher au monde des vivants pour l'entraîner dans la danse des morts. Des osselets se répandirent en bouquets comme du grain balancé par un semeur.

— Voici de fort belles et bonnes reliques ! s'exclama une voix satisfaite que Corentin connaissait déjà.

Il aperçut Nestorius qui trottait dans l'herbe, ramassant les phalanges tombées pour les enfermer dans son coffre.

— N'étais-tu donc pas mort en géant ? s'étonna Corentin.

— Le Seigneur a dit : « Je suis la résurrection et la vie. Qui croit en moi revivra, fût-il mort. » … Y a-t-il là quelque chose qui t'étonne ?

Corentin avait manqué de vigilance, et les morts-vivants en profitèrent pour le cerner. Sandragon fit son chemin dans les crânes d'os secs. Et les poitrines vides grillagées de côtes furent brisées de grands coups d'épée.

— Toi, tu ne crois en rien ! ricana Nestorius. Je le sais bien !

— Je cherche mon chemin… c'est ma mission.

— Eh bien, cherche ! Tu finiras par trouver… Peut-être !

— Mais comment sortir d'ici ? Comment échapper à cette diablerie ?

— Je t'avais prévenu. Tu n'as rien écouté. Il fallait fuir à temps…

— Fuir ?… Dans ce cas, comment espérer devenir chevalier ?

— Alors, bats-toi ! Si c'est tout ce que tu sais faire. Et renvoie les défunts dans leurs tombeaux. Qu'ils restent dans leur pays, qui n'est pas celui des vivants !

— Mais cette prairie n'est-elle pas le Pays des Ombres ? Suis-je prisonnier dans la prairie des ombres ?

— C'est de ta faute, aussi ! Tu songes trop à ce qui n'est plus. Le Seigneur a dit : « Laissez les morts enterrer les morts »… Que le passé règle ses comptes avec lui-même. Toi, soucie-toi d'aller de l'avant. C'est là, ton chemin !… Et bats-toi contre les morts qui tenteraient de revenir parmi les vivants.

Corentin se le tint pour dit. La cohorte des hideux fantômes qui l'assaillaient était maintenant si compacte que la voix de Nestorius ne fut plus audible. Tout n'était que vacarme d'os heurtés et brisés, ainsi qu'horribles flatulences et boursouflures de chairs putrides. Corentin, fou de terreur, poussait de l'avant Beautournoi à la crinière hérissée, aux yeux révulsés. Et le fier cheval broyait l'os sous ses sabots, et Sandragon taillait sa route dans les cadavres immondes.

La lutte entre le vif et le mort dura jusqu'au bout de la nuit.

Aux premières lueurs de l'aube, Corentin sentit les premières gouttes de pluie. L'eau coula sur son crâne et derrière ses oreilles, pour filer en rigole le long de son échine assouplie et moulue dans les combats. Et Corentin bénit cette eau venue du ciel.

Il entra dans la pluie comme s'il traversait un rideau, frappant toujours à dextre et à senestre, de taille et d'estoc, au cas où. Mais quand il s'arrêta, épuisé, morbide, il n'y avait autour de lui que nappes d'eau et miroirs humides. Il se battait contre le vide et l'absence.

Et, quand il se retourna, Corentin avait déjà oublié la prairie des ombres et le soleil de mort et la carole envoûtée. Au pas très lent de Beautournoi, il disparut dans la pluie.

VI

LA DÉNUDÉE DE LARMÉLIE

La fée Clotilde se tenait à l'orée de la forêt. Alentour se perdait le désert des landes, des tourbières et des rocailles. Dans le ciel sans fin passaient avec lenteur des nuages gris et boursouflés, des écharpes de ciel bleuté, des brumes impalpables et contournées, des nuées floconneuses et joufflues, blanches.

Un équipage s'approcha du fond de l'horizon. Le cheval avait les pieds bourbeux et croûtés. Et le cavalier, sec et décavé, paraissait avoir traversé le temps. Les déluges l'avaient détrempé, le soleil au zénith l'avait racorni comme un fruit mûr sur une claie.

— Damoiselle, je vous donne le salut ! déclara le garçon en arrêtant son palefroi à trois pas de Clotilde.

Il se leva sur ses étriers, pencha le buste et baissa vivement la tête pour redresser aussitôt le menton.

— Messire, êtes-vous donc chevalier pour savoir saluer si galamment ?

— Pas encore ! répondit le damoiseau. Mais je fais mon chemin pour devenir aussi bon chevalier qu'on puisse l'être.

La demoiselle plia le genou, en relevant avec une grâce simple les plis de sa longue robe de ciel et de brume. La dernière remarque de l'écuyer avait posé sur son visage un sourire amusé.

— Puis-je entendre votre nom, doux seigneur ?

— On me dit Corentin de Perbanlieue.

Corentin n'avait pas reconnu Clotilde. Car le pouvoir des fées est de ne point se faire connaître ou reconnaître, à moins qu'elles n'en aient décidé autrement. Clotilde savait assez qu'elle était à jamais présente au cœur de Corentin, qu'elle gouvernait ses rêves et parfois orientait sa vie. Et chaque fois que Corentin croirait avoir affaire à une autre, c'était à elle certainement qu'il serait en train de s'adresser sans le savoir. Il croirait avoir changé ses sentiments et son désir, mais ce serait toujours Clotilde, éternelle, immuable, et pourtant si changeante. Dans toute aventure de Corentin, Clotilde aurait sa part, son bénéfice et son appui, ignorés peut-être, mais qu'importe : Clotilde n'abandonnerait jamais Corentin.

— Et vous, demoiselle ? demanda le cavalier. Comment vous nomme-t-on ?

— Larmélie, répondit Clotilde.

Car, bien que Corentin ne l'ait pas reconnue, elle ne voulait pas dire le nom par lequel il l'avait connue, car elle savait que le nom des choses appelle la mémoire des choses.

— Douce Larmélie, n'y a-t-il pas par ici une auberge ou une ferme qui pourrait offrir de quoi me restaurer ?... Ou, mieux, un moutier* ou autre couvent où je pourrais frapper l'hospitalité ?... À dire vrai, je n'ai pas un écu en bourse... ni sou ni maille*... rien ! L'errance est mère de pauvreté.

— Venez ! dit Clotilde la fée.

Et sans attendre de réponse, elle tourna le dos et entra dans la forêt. Beautournoi suivit, avant même que Corentin ne le pique du talon. Alors, Corentin se méfia, devinant une nouvelle malice, un sortilège certain. Il tenta de retenir son palefroi mais Beautournoi n'obéissait plus.

— Ne crains rien ! dit Larmélie sans se retourner. Avance sur mes pas !

Et ce fut pour Corentin comme si Larmélie voyait par le derrière de sa blonde chevelure, comme si elle lisait dans son cœur.

— Tu n'es qu'une vile sorcière ! cria Corentin. *Laser !*

Il voulut tirer Sandragon, mais la fière épée resta collée au fourreau, comme soudée par le feu du diable.

— Ce n'est pas l'heure des combats, dit Larmélie. Je t'enseignerai… le moment venu.

— Quoi donc ?! s'emporta Corentin. J'ai vaincu la Bête Glatissante et les Maudits de la lande, et l'Ourse dévorante ! J'ai défait la carole macabre, et mes exploits guerriers sont chantés déjà aux veillées des châteaux !… Et toi, fillette, prisonnière de tes jupes, tu prétends m'enseigner !

— Je serai ta maîtresse, dit Larmélie.

Et elle ajouta, avec un fin sourire que Corentin ne put voir mais qu'il perçut certainement :

— … si tu le veux bien !

La source saponaire

Corentin ne pouvait rien faire d'autre que suivre celle qui disait s'appeler Larmélie. Il ravala sa colère et se tint droit en selle. Les arbres de la forêt montaient vers le ciel comme des piliers de cathédrales. À travers la voûte élevée du feuillage, le soleil piquait des cierges de lumière. Larmélie avançait d'un pied égal, menu et glissé comme un pas de danse. Les ronces s'écartaient à son passage et les bêtes de la forêt, plutôt que de s'enfuir, s'arrêtaient pour contempler le cortège de cette jolie fée suivie d'un lourd cheval crotté et d'un freluquet desséché comme un pruneau. Une poussière parfumée voltigeait autour d'eux, comme une fumée d'encens.

— Voici ma maison, dit Larmélie.

C'était une chaumière au milieu d'une clairière. Un feuillage fleuri s'accrochait aux murs de bois et de torchis, une source chantait à deux pas, des colombes voletaient autour de la cheminée de pierre qui s'enfonçait dans un toit d'épaisse paille de seigle.

— L'endroit est plaisant, admit Corentin.

— Quittez ce cheval et venez vous laver ! commanda la jeune fille.

Corentin ne put qu'obéir. Larmélie l'entraîna près de la source. Il y avait là une vasque naturelle creusée dans un affleurement de roche poli par le temps. De hautes fougères en bordaient la lisière.

— Déshabillez-vous ! Entrez dans l'eau !

— Heu... C'est que...

Corentin n'aimait pas ce ton de commandement. Mais, surtout, il se savait si sale qu'il en avait presque honte, même si les chevaliers errants ne doivent être que fiers de la poussière accumulée sur eux par les chevauchées et les combats. Et puis, cette Larmélie... une fille... qu'il ne connaissait même pas !

Mais avant qu'il ait pu rechigner davantage, la robe de ciel et de brume tomba à ses pieds en un cercle gracieux. Il vit Larmélie sortir de ce cercle d'un bond agile et rieur. Elle avait la peau couleur de lait. Ses cheveux blonds nattés dansaient.

Elle fut dans l'eau avant que Corentin ait pu refermer la bouche.

— Eh bien ! Viendras-tu, à la fin ?!

Corentin se désaffubla de ses chausses, de son surcot et de tout son attirail. Son corps était blanc de neige là où le soleil ne l'avait pas brûlé. Et des marbrures de crasse le sillonnaient de toutes parts, comme une statue de pierre zébrée par le gel et tachetée de lichens. Il plongea et but la tasse.

Larmélie avait arraché certaines mousses dont elle se servit pour nettoyer le corps de Corentin. Elle prit aussi le suc d'une racine avec lequel elle lui frotta les dents. Elle broya une fine écorce pour lui frictionner les cheveux. Elle cueillit l'herbe aux fleurs roses qu'on appelle saponaire, ou savonnière, et qui mousse et fait des bulles si l'on sait s'y prendre.

— Te voilà propre comme un sou neuf ! se félicita Larmélie.

— C'est bien ma seule fortune ! répondit le garçon.

Puis, comme il nageait près de la jeune fille, il l'effleura sans l'avoir voulu. Il frissonna. La peau de Larmélie était brillante et vive comme un ventre d'anguille. Il eut envie de la toucher encore.

— Permettez, demoiselle, que je vous lave aussi, à votre gré.

— Je ne suis pas comme toi, à curer et à rincer ! répondit-elle avec un rire comme un soupir.

Mais plutôt que de s'éloigner, elle s'était approchée. Et elle mit sa tête sur l'épaule du damoiseau. Ses cheveux maintenant dénoués flottaient comme des algues souples. En sortant dans la lumière, ils projetèrent tout alentour des gouttelettes de soleil.

— Vous êtes si belle et si bonne, dit Corentin en caressant doucement le corps de Larmélie avec une poignée de saponaires.

— Sois mon chevalier courtois et fidèle, répondit la petite fée à travers ses lèvres mi-closes, suspendue dans un souffle.

Une ombre ferma le visage de Corentin.

— C'est que mon cœur est déjà pris.

— As-tu promis ? Tu t'es accordé ? Quel est son nom ?... Je veux savoir son nom !

Larmélie avait réagi avec la plus immédiate jalousie.

— On l'appelle la Demoiselle au gantelet... ou Clotilde la fée. Je n'ai rien avoué ni promis, mais mon cœur est d'amour épris.

Corentin parut soudain tout triste et désemparé.

Larmélie, bien sûr, eut le plus extrême plaisir à entendre cet aveu. Et elle eut envie de s'abandonner tout entière à son désir et à celui du chevalier. Mais elle comprit en même temps que Corentin trahirait son amour pour Clotilde s'il cédait à celui de Larmélie.

Belle affaire ! dira-t-on, c'était même demoiselle ! Mais Corentin n'en savait rien. Aussi allait-il connaître sa première épreuve de courtoisie. Deviendrait-il alors parfait amant, comme l'avait voulu Bohort, fils de Bohort ?

— Clotilde... dis-tu ? demanda, songeuse, la belle et jolie Larmélie.

Mais elle vit que ce nom amenait dans le regard de Corentin comme le début d'un souvenir. Les yeux de Corentin étaient en train de reconnaître son visage, à défaut de son corps qu'elle ne lui avait certes jamais montré comme elle venait de le faire là !

— Clotilde ? murmura-t-il d'une voix étrange.

Et Larmélie fit aussitôt passer devant ses yeux la main dont un doigt s'ornait de l'anneau de Brocéliande. Le souvenir quitta les pupilles de Corentin pour retourner s'enfouir dans la mémoire.

— Je vais préparer le repas que tu attends ! dit vivement la jeune fille, en s'enfuyant.

Une énigme d'amour

Larmélie ne savait comment considérer cette énigme amoureuse dans laquelle elle s'était elle-même fourrée. Si Corentin succombait à Larmélie, n'était-ce pas justice ? Larmélie était exactement semblable à cette Clotilde détestable !... Mais Clotilde, c'était elle ! Où avait-elle la tête ?... Normal donc que Corentin en soit tout autant amoureux puisque c'était la même !... Ah, si Larmélie avait eu la bonne idée de se transformer en brunette, de rallonger son nez !... non, de le retrousser !... oh non ! il était bien assez retroussé comme ça ; il aurait eu l'air d'un pied de marmite... enfin, au moins, elle aurait pu se persuader que Corentin était disposé à conter fleurette à une mignonne qui ne lui ressemblait pas du tout... Mais là, évidemment !

Dans sa chaumine, Larmélie-Clotilde se mit à remuer ses pots à grand fracas, s'emportant contre elle-même de cette mauvaise situation. Puis, en y réfléchissant, elle y trouva des avantages.

« Après tout, se dit-elle, pourquoi ne pas jouir au mieux de cette aventure ? L'intrigue en est plaisante, si l'on y regarde bien. Je pourrais m'en amuser à ma guise, et j'aurais tout loisir de faire oublier à ce valeureux Corentin ce qu'il conviendra d'en oublier ! Un amoureux amnésique, ça n'est peut-être pas si mal. Ne dit-on pas qu'il faut apprendre à ne pas voir certaines choses, et savoir en oublier d'autres ? »

Mais ce que la Demoiselle au gantelet aurait voulu oublier c'était l'aveu de Corentin. Pourtant, elle ne pensait qu'à ça, bien évidemment, et sa poitrine se soulevait de soupirs. Elle n'avait pas vraiment prévu ce qui venait de se passer — croyait-elle — et c'était pour conquérir le cœur d'un chevalier qu'elle avait choisi d'être Larmélie au fond de la forêt. Quand un chevalier est séduit par une fée, elle le tient en enfermement dans le cercle de son amour. Et gare à celui qui voudrait s'échapper pour trahir ! Le voilà promis à la séquestre éternelle du Val sans retour, où la fée Morgane avait d'abord enclos tous ceux qui l'avaient aimée d'un amour félon. Mais parfois — c'est chose acquise — de preux chevaliers avaient pu rompre l'enchantement. Ainsi celui qu'on nommait Lancelot du Lac, fils du roi Ban de Benoïc…

Ce fut cette histoire, et d'autres encore, que Larmélie conta à Corentin. Mais il semblait toutes les connaître. Il écoutait avec la passion la plus vive mais, dès que Larmélie s'arrêtait, il continuait la légende, obligeant la jeune fée à reprendre vivement la parole. Car c'était à elle d'enseigner.

Mais Corentin savait déjà bien des choses. D'où lui venait donc cette étrange connaissance ?

— J'ai lu des livres, avait dit Corentin.

Et il avait ajouté :

— Aussi n'ai-je pas vu s'agiter les images colorées de cette histoire, dans la fenêtre scintillante d'une étrange lucarne ?… Comme par magie ?

Larmélie préféra cette explication. Elle ne pouvait croire qu'un Gallois haillonneux, et qui sentait fort le cheval, soit capable de lire dans un livre. Mais la magie, c'était possible. Elle interrogea sans détour son hôte, pour en savoir plus à ce sujet. Corentin ne sut que répondre. Il gardait bien le souvenir de ces aventures chevaleresques mais sans savoir d'où cela venait. Sa bouche avait parlé de livres, et d'une boîte où dansaient des images, mais sans pouvoir rien expliquer. Ces réminiscences n'étaient que les morceaux effrités d'un souvenir plus vaste, dont presque tout semblait avoir été oublié.

— La magie a souvent cet effet, admit la fée en caressant rêveusement l'anneau de sa main. Elle fait croire à des mondes impossibles mais les efface aussitôt par les sortilèges de l'oubli... Déjà, tu as oublié ce que tu viens de manger.

— J'avais tellement faim, et c'était si bon...

— Tu n'as même pas regardé ce qu'il y avait dans ton écuelle !

— Ce sont tes paroles que j'ai contemplées. Et les lèvres de ta bouche qui les prononçaient.

— Auras-tu, dès l'aube de demain, oublié la nuit qui vient ?

— Je suis si las, si fatigué de l'errance...

Larmélie alla tapoter la couette d'un fort bon lit de gros bois qui attendait à côté. Elle alluma l'huile d'une lampe, et froissa sur la flamme une pincée de poudre dont la fumée odorante convie au sommeil et aux rêves.

Corentin se leva en titubant. Larmélie l'aida à se dévêtir et à se coucher. Elle lui dit qu'il sentait la mousse et l'eau vive, la menthe à feuilles de sauge, la prêle et le souchet. Elle regarda Corentin s'endormir et elle veilla sur ses songes.

Voyant un sourire sur le visage du garçon, elle comprit qu'il dormait en paix. Elle se déshabilla à son tour et se glissa dans le lit.

Dans son repos, Corentin lui murmura qu'elle avait le parfum des sources, que sa peau était douce et chaude comme une mare au soleil, qu'elle sentait la tubéreuse et l'iris, et qu'il ne rêverait que d'elle jusqu'au matin.

Au matin, Corentin s'étira, bâillant comme un lévrier de chasse. Larmélie, allongée sur un coude, le regardait en souriant.

— Alors ? dit-elle. Raconte-moi ta nuit.

Corentin fut effaré.

— Mais... je ne me souviens de rien.

— Tu vois ! C'est bien ce que je disais !... As-tu rêvé ?

— Sans doute.

— De moi ?

— Je ne sais plus... je ne crois pas. On ne commande pas à ses rêves.

— On ne peut, non plus, à l'infini, dormir avec eux sans rien faire !

Ayant dit cela, elle s'approcha au plus près de Corentin, elle étira son corps contre le sien, elle le caressa, l'embrassa.

Ils se prirent les mains, ils se frottèrent le nez, se mirent les cheveux dans la figure et les yeux au fond des yeux.

Corentin songea qu'il vivait l'heure la plus radieuse qu'on puisse connaître, que rien au monde ne pouvait être plus délicieux que cet instant, et qu'il resterait là, à tout jamais, dans les bras de Larmélie.

Et Larmélie songeait à son pouvoir de tenir à jamais, si elle le voulait, Corentin au creux de ses bras.

L'art des combats

Les heures passèrent, puis les jours.

Larmélie apprit à Corentin à tendre un arc sans vaciller ; à oublier la cible pour ne songer qu'au parcours de la flèche ; à ne point frémir quand le trait vient vers soi, et comment l'écarter sans broncher ; à tourner les manivelles de l'arbalète au plus prompt en fixant fermement le carreau dans la rainure.

Elle lui apprit à tenir le coutelas bien en main, à planter sans merci, à égorger s'il le faut. Martel, fléau, hache de cavalerie, épieu, corsèque, faux de guerre, pertuisane, couteau de brèche, langue-de-bœuf, vouge, bedouche et hallebarde, elle lui montra tout !

Corentin d'abord s'était étonné de ces joutes nouvelles qui l'obligèrent à quitter la tiédeur du lit. Il avait ri des prétentions de Larmélie. Mais, quand elle l'avait frappé durement du plat de l'épée, il s'était emporté. Sandragon avait quitté son fourreau et les fers s'étaient croisés et heurtés. Les étincelles en gerbes flamboyantes montèrent jusqu'au firmament, où elles voltigent encore vers l'horizon des plus belles nuits d'été. On appelle Larmélides ces étoiles filantes que d'autres nomment Corentides. Elles ressemblent aux larmes d'un amour évanoui dont le souvenir revient zébrer chaque année les nuits de la Saint-Christophe.

Avant ce séjour dans la forêt, Corentin avait déjà combattu à l'épée. Il n'avait pas menti, disant qu'il avait défait dragon et chevaliers félons. C'était sans savoir qu'il tenait son art autant du gantelet de la force que de l'enchantement voulu par Clotilde la fée, quand elle s'était révélée à lui sous les murs de Camaalot.

Mais Larmélie lui enseigna la plus noble escrime. Le salut et l'appel de pied ; les positions de la main et du fer, de la prime à la quinte ; l'attaque, la parade, la riposte, la remise ; la fente et l'assaut en flèche. Elle lui montra comment fermer sa garde et épargner ses forces par la plus efficace économie de mouvements. Elle le fit renoncer aux balayages et aux moulinets

— inutiles esbroufes qui ouvrent trop facilement un chemin à l'ennemi, de taille autant que d'estoc.

— D'où te vient donc cette science ? s'étonnait Corentin.

Mais Larmélie ne répondait rien. Elle songeait avec tristesse à l'oubli qui envahirait peu à peu le cœur de Corentin, comme un brouillard gris au crépuscule d'une belle journée d'automne. Un jour, il posséderait au mieux la science des armes, mais sans le souvenir de celle qui la lui avait enseignée.

Larmélie avait le corps cerclé de peaux de loups et d'anneaux de fer. Des cornes d'airain protégeaient son buste, un casque barbute* couvrait son crâne, laissant passer la flamme de ses yeux sur le devant et, sur l'arrière, la gerbe d'or de ses cheveux en queue de cheval tenue dans trois cercles d'os. Elle était la plus belle des déesses guerrières, aux cuisses fuselées dans les échancrures de sa tenue virevoltante dans les assauts, aux jambes agiles et fermes enserrées dans des lanières de cuir.

Corentin, parfois, sur le point d'être vainqueur, se laissait émouvoir par cette beauté farouche. Il succombait, à nouveau prisonnier de son amour pour la fée.

— Ce n'est pas de jeu, douce Larmélie ! Si j'avais un vieux maître d'armes, comme il est d'usage, il ne serait pas si aisé de me prendre en défaut !

— Comme ceci, crois-tu ? dit la fée en prenant tout d'un coup l'apparence d'un brigandier* aux dents jaunes, à la barbe hérissée, aux mollets râblés et noueux, à la poigne lourde et belliqueuse.

Ce maître d'armes n'était guère commode. Il sabrait à tout va, et sa science des combats était celle d'un pourfendeur emporté, comptant seulement sur sa bravoure furieuse, sa hargne, sa vindicte. Il taillait en pièces tout ce qui s'avançait vers lui. Et si rien ne bougeait, c'était lui qui chargeait.

— Ainsi fait-on dans la mêlée ! rugissait-il, hirsute comme un sanglier. L'art noble de l'escrime n'a pas sa place à la guerre ! Tous les coups sont permis. Il n'y a point de chevalerie quand la mort sanglante fauche ce champ qu'on dit de bataille ! Allons, petit nourri, petit varlet, il convient d'en découdre, sans merci ni justice !

Et il marchait sur Corentin comme une tempête ravageuse, l'acculant aux chênes et aux granits, fendant tout de sa lame, débitant arbres et rocs.

Avec lui, au moins, notre héros apprit l'art de la fugue, de l'esquive et de l'échappée. Il sut comment bien rentrer la tête dans les épaules, tourner casaque, s'éclipser, déloger, décamper, déguerpir au plus vite, s'envoler, lever le siège et sacrer le camp, prendre la poudre d'escampette et tirer sa révérence.

— Dois-je aussi, mon bon maître, vous appeler Larmélie ? demandait Corentin avec une ironie essoufflée.

Seul un tournoiement de lames lui répondait, giflant sa face d'un courant d'air mortel.

Il se résolut à demander grâce et répit :

— N'en sais-je pas désormais autant qu'il faut sur l'art de la déroute, de la défaite et de la reddition ? Douce Larmélie, reviens vers moi !... Voilà un maître trop piquant de barbe, de fer et d'haleine !

Larmélie redevint ce qu'elle avait été, jeune fée douce et vigoureuse. Elle massa de ses mains fines les muscles endoloris de son compagnon de lutte, elle couvrit de baisers meurtrissures et estafilades, buvant le sang des plus âpres blessures. Elle songeait avec amertume que la mémoire de Corentin ne garderait certainement que le souvenir de ce vieux maître d'armes. Quant à elle, elle ne serait qu'une nostalgie incertaine dans le cœur du garçon, un pincement, une douleur étrange et très douce dont il chercherait en vain la raison et la naissance.

La fin des enseignements

D'autres semaines passèrent, des mois, et peut-être des années.

Il y eut abondance de douceurs, mais aussi grandes douleurs.

L'enseignement de Corentin s'acheva.

Un matin, Larmélie et Corentin étaient encore au lit quand un hurlement se fit entendre au tréfonds de la forêt cathédrale.

C'était le jour, pourtant, et les loups ne hurlent de cette façon que dans le cœur des ténèbres. « *À la mort* », dit-on.

Les deux amants quittèrent leur embrassement, qui était comme une rivière profonde, et ils allèrent guetter au centre de la clairière. Il y avait là un monticule dont la légende dit que c'est le tombeau de sept géants ensevelis après avoir été occis par le vaillant tailleur d'une commune voisine.

C'est au sommet de ce tumulus que Corentin et Larmélie attendirent ce qui venait vers eux. Non sans effroi, dont ils se consolèrent par autant de baisers qu'ils se purent donner.

Puis la bête arriva.

C'était le loup de Bohort. Le grand loup gris de Merlin. Il s'arrêta au bord du cercle, à l'orée de la clairière, et il s'assit.

— Viens ! commanda Corentin. Mais viens donc !

Le loup s'approcha. Il tenait entre ses crocs le gantelet de la force. Il le déposa aux pieds de Corentin. Et Corentin comprit que Bohort était mort.

— Le temps est maintenant accompli où tu devais demeurer ici, dit Larmélie. Mets à ton poing le gantelet de la force et jette au feu la lance brisée. Pars aussi vite que tu le peux !

— Nenni, ma mie ! Je ne souhaite point cela !

— C'est ainsi... Ne défie pas des enchantements qui pourraient te briser. Jette au feu la lance rompue !

— Je ne puis ! Cette arme me fut donnée par l'un des plus nobles chevaliers du Graal, Bohort fils de Bohort, gardien de la Table et espoir du Royaume...

— Le pacte est rompu. Le gantelet t'est rendu... Aussi, défais-toi du don qui te fut octroyé. Livre aux flammes la lance brisée !

Larmélie toucha son anneau et remua sa chevelure. Elle leva les mains vers les cieux et planta ses orteils dans le sol.

Sept flammes jaillirent des entrailles de la terre, sept piliers de feu aux langues de fournaise.

Corentin dévala le tertre. Derrière la chaumière, Beautournoi attendait, harnaché par magie. Les armes de Corentin ballaient aux arçons : Sandragon, la bonne épée, et l'écu de sang et de neige. Et aussi la lance brisée.

— Allons ! dit Corentin en sautant en selle.

Le loup les suivit, marchant entre les pattes du cheval, comme s'il en attendait amitié et protection.

Et c'est ainsi que s'en alla Corentin de Perbanlieue, appelé à nouveau par l'errance et l'aventure.

Il laissait derrière lui la douce fée Larmélie dont les sanglots éteignirent bientôt le volcan qu'elle avait elle-même allumé. Elle avait bu le sang de Corentin mais n'avait pu le retenir auprès d'elle malgré toute sa magie. Elle cria sa douleur à tous les échos de la forêt, et ses cris s'entendent encore parfois entre les éclairs de l'orage et les bourrasques de la tourmente, en dépit des siècles qui sont passés sur cet étrange amour et désamour.

Pourtant, c'était la fée elle-même qui avait exigé la fuite de celui qu'elle aurait tant voulu garder en enfermement dans le cercle de son esplumoir*. Comprenne qui pourra !

Quand la nuit revint, Larmélie la fée était redevenue une petite fille perdue dans la forêt. Elle se savait *Clotilde*, et pas très certaine d'être vraiment la fée qu'elle voulait être. Elle s'enfonça dans l'obscurité du bois.

Et, derrière elle, la chaumière s'effaça à jamais.

Mais la source est toujours là, et on sait que gars et fillettes viennent s'y baigner aux soirs de lune, pour garantie d'un amour éternel — bien que l'histoire du chevalier et de la fée ne soit pas sans ombre à ce sujet !

Ce qui est plus certain, c'est la lice pelée qu'on peut voir sur le sol, là où Corentin et la fée s'affrontèrent dans des combats d'arme blanche. La terre est si frottée et si usée en ce lieu que nulle herbe ni baliveau n'y repoussa jamais.

On appelle cet endroit *La dénudée de Larmélie*.

VII

LE GUÉ MALPASSANT

Corentin chevaucha en compagnie du loup jusqu'aux abords d'une rivière. Beautournoi allait à sa guise, Corentin n'avait aucun chemin à lui montrer. Sans qu'on puisse savoir, c'était le grand loup gris qui guidait cheval et cavalier, même si tout donnait à croire que ce loup n'était qu'un chien suivant : jamais on ne le vit précéder l'équipage ; il allait de côté, dessous ou en arrière, mais jamais par-devant. Pourtant, c'était lui qui conduisait Corentin vers les aventures. Ils marchèrent le long de la rivière à la recherche d'un lieu où la franchir. Enfin, ils trouvèrent une eau moins profonde, qui s'étalait dans le coude élargi du fleuve. Des dalles indiquaient assez le chemin qu'on pouvait prendre pour passer sur l'autre rive. Le loup s'assit devant la première pierre. L'eau était claire et assoupie.

— Notre repos sera sur l'autre bord ! dit Corentin. Franchissons d'abord le gué.

Mais le loup resta sans broncher. Corentin sentit la méfiance envahir son cœur, mais il eut peur de paraître manquer de courage : il reprit Beautournoi en main, tenant les guides avec ferme souplesse, et serrant fort cuisses et genoux afin de mener au mieux sa monture.

Dès la première dalle franchie, l'eau de la rivière devint plus sombre, presque obscure. Pourtant, des poissons d'un blanc d'albâtre y glissaient sous le regard, comme si l'eau ténébreuse restait d'une transparence inattendue. À la deuxième dalle, l'eau fut noire comme la nuit, mais les poissons s'y voyaient toujours, à une profondeur de gouffre qui faisait ainsi mesurer l'abîme prêt à engloutir les téméraires et les maladroits.

Corentin poussa Beautournoi sur la troisième dalle. Alors, un grondement lointain se fit entendre. Corentin regarda de tous côtés, sans rien découvrir. Le loup, toujours assis sur la berge, fixait Corentin sur son palefroi. Sa langue pendait en tressautant, à travers sa gueule ouverte. En cercles paresseux, les poissons remontaient des abysses, à chaque instant plus ventrus, et blancs comme le regard des morts.

Le grondement se fit moins sourd et plus terrible encore... Soudain, tout proche... Une menace grossissait et s'approchait.

Debout sur ses étriers, Corentin aperçut en amont un frémissement de l'onde, un clapot, puis la soudaine giboulée d'une pluie enchantée dans ce ciel bleu et sans nuages. Et il devina, avant même de la voir, qu'une vague gigantesque dévalait du lointain pour les engloutir. Un arc-en-ciel de sept belles couleurs enjamba la rivière. Ce n'était pas la pluie qui tombait mais l'eau jetée dans le ciel par le fracas écumant des noirs rouleaux en furie.

Corentin cria à Beautournoi qu'il fallait sauter d'un côté ou d'autre, avant qu'il fût trop tard. Mais le retour semblait impossible : les dalles s'enfonçaient sournoisement, sombrant peu à peu dans l'eau couleur d'encre. Et les poissons embusqués tournaient et revenaient, ouvrant et fermant sans cesse leurs bouches visqueuses et édentées. Au fond de leurs gorges livides, des entrailles palpitaient comme des mains cherchant à sortir d'un tombeau.

— Allez ! C'est par là ! cria Corentin en enlevant Beautournoi par-dessus les dalles encore émergées.

Les sabots du cheval frappèrent l'eau dessus la pierre, et de grandes flaques jaillirent sur ses flancs comme des ailes d'argent qui l'auraient emporté sur l'autre bord.

Ils mirent pied sur le rivage au moment où la déferlante balayait le lit de la rivière. Les poissons bousculés recrachèrent les ossements, crânes et débris de chair humaine qui garnissaient leurs estomacs. Des oiseaux rapaces et charognards vinrent s'en repaître.

— Qui donc a passé ce gué périlleux ? s'étonna une voix grognonne qui sentait déjà la barbe et les ennuis.

Le Nonchalant du gué

Un chevalier dormait sous un hêtre échevelé, marmonnant dans son sommeil. C'était un gaillard long de corps et gros de panse, charpenté en bœuf de charroi, le visage boudiné comme un rondeau d'andouillettes. Sa barbe rousse, drapée en serviette sous le menton, gardait dans ses boucles grasses divers souvenirs de banquets mémorables.

— C'est moi, Corentin de Perbanlieue, qui ai franchi ce gué malpassant !

L'homme eut un hoquet. Il s'éveilla en se frottant les yeux avec les poings. Assis, il paraissait plus formidable, et on devinait bien qu'à le voir debout, il serait aussi haut que l'arbre veillant sur ses songes. Il regarda Corentin avec un air de stupéfaction imbécile, étonné devant une si petite chose !

— Est-ce possible ? Moi qui pensais m'être débarrassé de cette corvée qui m'oblige à occire tous les impétueux et niaiseux qui s'avisent d'outrepasser ce gué !

— Mais qui êtes-vous, monseigneur ? s'étonna, de son côté, Corentin.

— On m'appelle le Nonchalant du gué, ou le Chevalier fainéant… mais ceux qui le disent sous mon nez ne le répètent jamais !

— Comment cela ?

— Ils sont estourbis et jetés aux poissons pâles avant même d'ouvrir la bouche une deuxième fois… Charmants poissons ! Ils savent appeler du plus loin la crue subite qui les nourrit et m'épargne du travail. Grâce à cette ingéniosité, je peux festoyer et siester à mon goût, sans trop m'occuper d'avoir à tuer des ennemis.

— Je ne suis pas votre ennemi !

— Tout damoiseau ou homme fait qui passe sur ce bord mérite la mort !

— De quel droit ? Pour quelle offense ?

— Du nul droit et sans offense ! Il suffit que tu sois étranger. Cela mérite bien la mort, tu en es d'accord ?

Ayant dit cela, le Nonchalant du gué se leva pour tirer son épée, qui était très longue et très large, et ondulée sur les tranchants de la lame. Cet espadon* énorme, dans la main d'un géant, c'était comme un pilier de roc prêt à s'abattre du sommet d'une montagne.

— Nous combattrons à pied, si tu veux bien ? dit le chevalier.

— Monseigneur, vu les circonstances, je n'ai aucune grâce ni courtoisie à vous accorder, répondit Corentin.

Disant cela, il prit Sandragon d'une main et la lance de Bohort de l'autre. Et il chargea sans attendre, poussant son cri :

— Laser ! Laser ! Laaaseeer !

L'épée du Nonchalant s'abattit dans le dos de Corentin et de Beautournoi, fauchant la rive et creusant un fossé qui s'emplit d'eau sans attendre, créant un bras mort de la rivière qu'on peut encore voir aujourd'hui.

— Tu n'es qu'un Chevalier fainéant ! cria Corentin.

Et il arriva si vite sur le Nonchalant que l'autre en fut surpris. Corentin lui planta sa lance brisée dans le mollet, ce qui sembla sans dommage. L'étonnement changea de camp, et fut cette fois pour Corentin. Un grand moulinet d'épée faillit le jeter hors de selle, mais Beautournoi se cabra et fit une croupade.

— Chevalier fainéant, tu l'es pour la deuxième fois ! dit Corentin.

Il chargea l'autre jambe, pour y planter Sandragon jusqu'à la garde. Il tourna l'épée et la ressortit humide et dégouttante de sang noir. Le Nonchalant du gué reprit son espadon à deux mains et l'abattit... Mais ce ne fut pas par force, mais seulement par son poids qu'elle tomba et se ficha en terre.

— C'est bien ce que je disais, reprit Corentin, Chevalier fainéant tu es et tu resteras !... Pour la troisième fois !

L'œil du Nonchalant se perdit dans la graisse de son visage, et sa barbe s'effrita. Une grande et très impitoyable faiblesse paraissait envahir tout son corps.

— Tu manges trop, tu dors trop, Chevalier fainéant !... Je te le dis encore et encore... Chevalier fainéant !... Et, tu vois, je ne suis pas mort !

La lance rompue

Corentin avait repris la lance de Bohort et il tentait de s'en servir. Mais cette arme d'hast*, autrefois si vigoureuse dans les combats, s'effritait elle aussi. Elle semblait sans force et sans utilité.

Le Nonchalant du gué perdait des forces à chaque fois qu'on le traitait de fainéant, et Corentin laissait échapper les siennes en voulant se servir de ce tronçon dérisoire.

« À ce compte, songea Corentin, on nous verra tous deux bientôt réduits à l'impuissance ! Et même si le Fainéant perd toute sa vigueur, il aura toujours assez de poids pour m'écraser ! »

Corentin attacha la lance brisée au troussequin arrière de sa selle, où bringuebalait déjà le gantelet de la force — qu'il n'avait pas songé à enfiler.

« Ce sont vieilles choses qui ne m'appartiennent qu'à demi, se dit-il. Vestiges glorieux d'un passé qui n'est pas le mien. Des reliques ! »

Il se savait injuste, disant cela. Et même imprudent. Ces armes n'étaient pas sans utilité, malgré les dangers de leurs sortilèges. La fée Larmélie ne lui avait-elle pas crié d'abandonner cette arme rompue ?

— Messire, allons-nous continuer cet assaut jusqu'à la mort ? demanda Corentin.

Le Nonchalant épuisé s'était appuyé contre son arbre. Il cherchait à retrouver son souffle, et Corentin cherchait le sien.

— La mort seule pourra me délivrer de l'enchantement qui m'oblige à tenir ce gué et à y tuer tous ceux qui s'y présentent, répondit le chevalier.

— C'est donc la mort que tu veux ?

— La mienne me tente moins que la tienne !

Corentin cria de plus belle, en faisant sauter Beau-tournoi à pieds joints.

— Fainéant, fainéant ! Tu n'es qu'un Chevalier fainéant !

Le chevalier perdit encore des forces. Il glissa le long du tronc et se retrouva assis dans l'herbe mouillée du sang de leur combat.

— C'est toi qui me tueras, assurément, avorton ! soupira le Nonchalant du gué. Tu possèdes un sortilège qui s'oppose à ma force.

— Alors, ce duel est sans justice, dit Corentin le bel écuyer. Aussi je te fais grâce et miséricorde. Tu es mon prisonnier sur parole. Tu te rendras à la cour du roi Arthur, en son château de Camaalot ou de Cardoel. Là, tu diras qui t'a vaincu et épargné. Tu serviras le roi et les dames comme il convient, avec grande courtoisie et sans nulle félonie, dans l'attente de mon retour.

Le chevalier défait gratta sa barbe rousse avec ébahissement.

— Je ne sais où se trouve ce pays... Existe-t-il encore ?... On dit qu'Arthur de Bretagne fut occis en la bataille de Salesbières et que son tombeau est en Avalon... C'est grande pitié du Royaume et tout a dépéri ; la terre est gaste*.

— On le dit, en effet... Mais si tu le veux, nous tenterons bien de restaurer le Royaume. L'errance incertaine vaut mieux que cette sieste éternelle à l'ombre d'un hêtre. Tu manques d'exercice !

— C'est que les passants du gué sont devenus trop rares ! expliqua le Nonchalant. Et comment est la nourriture à Carlot ou Camaadael ? demanda-t-il mine de rien.

— Très fine à Cardoel, et de bonne chère à Camaalot ! De haute graisse autant qu'on peut ! encouragea Corentin.

L'œil du chevalier brilla d'une vivacité retrouvée.

— C'est peut-être bien un endroit à visiter. Mais qui va garder le gué ?

— Il se gardera bien tout seul !... Qui l'aurait gardé si je t'avais envoyé dans la mort ?

— Dans ce cas, ça n'était plus mon affaire ! dit le chevalier à la barbe-serviette. Tout ça m'a creusé l'estomac. Allons voir si ton Carmaadolueil vaut le détour !

Il se releva sans trop de mal et traversa la rivière d'une seule enjambée.

— Merci de m'avoir délivré ! cria-t-il depuis l'autre rivage.

— Je ne t'ai pas délivré, répondit Corentin. Tu es mon prisonnier sur parole.

Le géant éclata d'un rire terrible qui fit couler les poissons au plus profond de la rivière.

— Je ne pouvais être délivré du maléfice que par la mort... ou par quelqu'un qui prendrait ma place ! dit-il en riant aux larmes.

Et il ajouta en s'en allant :

— Maintenant, à toi de jouer ! Que saint Georges et saint Christophe* t'aient en leur bienheureuse garde !

Il disparut. Corentin resta seul, perplexe à son tour.

« Est-ce que je me serais fait avoir quelque part ? » se demanda-t-il alors.

Il tourna le dos à la rivière pour partir vers le pays qui s'étendait au-delà de l'ombre du hêtre.

Mais Beautournoi refusa d'avancer. Il avait les quatre pieds plantés sur le sol. On aurait dit des colonnes de pierre.

Corentin donna du talon, de plus en plus furieusement. Mais le cheval tout entier paraissait insensible et minéral.

— Voilà bien un nouveau sortilège ! s'émerveilla Corentin. Nous allons voir si tu restes de pierre !

Il piqua l'encolure du palefroi, assez méchamment, tant il était pris de lassitude pour cette aventure.

Beautournoi se cabra. Corentin vida les étriers. Il chut rudement dans la poussière et dans l'herbe ensanglantée. Le cheval, compagnon fidèle de ses errances, se sauva vers l'horizon et disparut. Derrière lui, il avait laissé à terre tout ce qui pendouillait à la selle.

Corentin se releva. Il avait son épée et son écu, le gantelet de la force, la lance de Bohort.

Il tenta de s'éloigner de la rivière, mais, malgré toute sa volonté, ses pas le ramenèrent de force au pied du hêtre, là où se trouvait désormais son destin. Le visage de Corentin était bien rechigneux, maugréant et furibond.

— Gare à celui qui viendra me provoquer en franchissant ce gué ! brailla-t-il en montrant le poing. Sandragon aura tôt fait de le fendre en deux, de par le haut jusqu'en bas ! Et cette fois, je ne ferai pas de quartier !

Il était à ce point enragé qu'il aurait voulu à l'instant qu'un chevalier vînt se faire occire, juste pour lui complaire et calmer sa fureur.

Mais les heures s'écoulèrent au bord de la rivière — d'aucuns disent des lustres, d'autres des décennies, voire des siècles. Personne ne se présenta.

Les fillettes serpentines

Corentin alla s'asseoir entre les racines du hêtre millénaire.

Alors, des demoiselles s'approchèrent pour le servir. Elles étaient toutes fort jeunes et rivalisaient de beauté. Leurs atours* étaient confectionnés dans les plus nobles matières, rehaussés de joyaux étincelants. Elles avaient la taille souple et un maintien de douceur et de vertu. Les mets qu'elles disposèrent sur une nappe de lin entremêlaient les saveurs les plus délicieuses.

Corentin trouva cette compagnie plaisante. Il déjeuna avec bel appétit et s'abandonna aux délices de la sieste. Les demoiselles, autour de lui, s'étaient couchées en rond comme des petits chats dans une corbeille. Corentin ferma les yeux.

Aussitôt, il vit au pied de l'arbre, juste devant lui, la fée Clotilde qui le regardait avec un air de doux reproche. Il ouvrit les yeux.

La fée n'était plus là ! Il se cala, voulut s'endormir. Mais quand il ferma à nouveau les yeux sur un sourire d'ange, Clotilde fut là qui le regardait, rigide comme une menace.

Corentin rouvrit les yeux. L'apparition disparut. Il ferma les yeux. Clotilde revint.

— Est-ce que tu vas m'empêcher de dormir ? grogna Corentin.

Les demoiselles aussi se plaignirent dans leurs rêves, se serrant au plus près de leur captif. Leurs bras et leurs mains, en des gestes qui paraissaient livrés aux hasards innocents du sommeil, agrippèrent les bras et les jambes de Corentin, vinrent se nouer autour de ses cuisses, griffèrent ses épaules. Des souffles faisaient frissonner sa nuque, des bouches humides bavaient sur sa peau.

Corentin voulut se laisser prendre à cet agréable embrassement. Il tenta une fois encore de clore les paupières, mais la présence de Clotilde contrecarra son plaisir.

Il ne cessa alors d'ouvrir et de fermer les yeux, finissant même par ne plus savoir où était la veille et où se trouvait le sommeil. Mais tout n'était peut-être qu'un unique rêve ?

Pourtant, il lui sembla que la délicieuse étreinte se resserrait davantage, à chaque fois qu'il fermait les yeux. Et sans se dénouer pour autant quand il écarquillait les paupières pour oublier Clotilde.

Il s'obligea à garder les yeux clos autant qu'il put. Aussitôt, les fillettes enroulèrent leurs corps autour de son corps. Ses jambes étaient emmêlées avec d'autres jambes. Des bras passaient sous ses reins, sur sa gorge, entre ses fesses. On le tenait de partout.

Il rouvrit les yeux, comprenant soudain le message de Clotilde : elle était muette car souvent les fées sont muettes. Elles peuvent parler aussi sans ouvrir la bouche, sans remuer leurs lèvres. C'est selon.

Et Corentin réalisa seulement que les demoiselles l'avaient servi sans jamais lui parler. Comme si elles ne savaient que laisser échapper de petits rires, des soupirs, des cris de plaisir étouffés.

Le silence de Clotilde était un avertissement sur cet étrange silence.

— Tu pourrais m'expliquer ! reprocha Corentin à Clotilde.

Mais ce n'était pas Clotilde qu'il voyait. Seulement une image, comme on en voit dans les rêves. Et, quand les songes viennent vous prévenir d'un danger, c'est toujours sous une forme incertaine, qu'il vous appartient de déchiffrer.

« Elles-mêmes sont des fées, sans aucun doute ! » se dit Corentin.

Et il se souvint que les fées sont tantôt bonnes mais souvent maléficieuses. Même les plus douces et bénéfiques peuvent soudain se transformer en sorcières impitoyables. Elles n'aiment rien tant que s'éprendre des damoiseaux au tendre cœur, pour ensuite s'en venger sans répit. Les plus amoureuses ne sont pas les moins cruelles ! Elles se nourrissent de ceux qu'elles ont aimés. L'amour des fées est terrible aux mortels.

Corentin tenta de se lever. Mais il était cloué au sol par la masse grouillante de ce qui avait été, il y a peu, une jolie pelote de fillettes emmêlées. Longues cuisses et bras déliés n'étaient plus que serpents annelés, couleuvres vipérines, aspics aux crochets venimeux. Le souffle des baisers suintait le soufre et la pestilence. Des gueules dentées, d'un rose de satin nacré où vibraient des langues couleur de sang, s'ouvrirent au visage du garçon éperdu.

Il ferma les yeux, cherchant Clotilde sous le refuge de ses paupières. Mais elle n'était plus là. Et il vit la même chose que ce qu'il avait vu à l'instant même : son corps promis à la dévoration.

— Ne t'avais-je point dit de te séparer de cette lance ? murmura une voix de nulle part.

— Larmélie ?... s'étonna Corentin.

Il crispa plus fort les paupières. Mais il ne vit pas davantage la fée nostalgique qui venait vivre parfois dans ses rêves, au cœur d'une clairière, au creux d'une vasque de granit, au mitan d'un grand lit... Il avait entendu sa voix.

La lance brisée était à deux pas, à portée de main... Si la main pouvait bouger !

Corentin se contorsionna autant qu'il put pour échapper au nœud de vipères, au grouillement silencieux et lent des femmes reptiles dont la plupart conservaient dans la métamorphose jeune et joli visage, ventre blond, seins pommelés : mais leurs cuisses, immanquablement, se changeaient en lourdes constrictions d'anneaux serpentins.

Avec la folle énergie que lui donna la terreur folle qui l'étreignait, Corentin parvint un instant à se soulever de terre. Des forces nouvelles lui vinrent aussitôt. Il put se saisir de la lance brisée.

Alors — épouvantable merveille ! — les demoiselles couleuvrines se nouèrent et s'entortillèrent en un amas grouillant, comme un poing gigantesque aux veines convulsives. Elles ne furent bientôt plus qu'une seule femme ou qu'un serpent unique. Car les deux genres se mêlaient étroitement dans cette apparence terrifiante.

Une bouche énorme s'ouvrit pour engloutir le garçon.

— Cette fois, adieu, je vais y passer tout entier !

Dans un geste de défense illusoire, Corentin tendit au bout de son poing le moignon de cette lance valeureuse, autrefois si superbe.

La vouivre* mordit dedans, car c'était une guivre*, en effet. Elle mordit dedans et poussa un grand cri de femme blessée. Un flot de sang et d'humeurs inonda Corentin.

Quand il ouvrit les yeux, les sortilèges avaient disparu. Il ne vit qu'une corneille qui s'enfuyait à tire-d'aile, en croassant comme si quelque chose l'avait rendue furieuse. Corentin se souvint de Morgane et de ses neuf sœurs, belles sorcières qui aiment assez devenir oiseaux noirs pour voyager plus vite et jacasser à leur aise.

Mais cela ne lui fut pas une explication. Il comprenait bien peu de chose à ce qui lui arrivait, et ne cherchait pas forcément à comprendre. La Voie des enchantements est celle du mystère. C'est un devoir de s'abandonner sans trop vouloir dévoiler.

Corentin était trop heureux de s'être sorti d'un faux pas qui paraissait irrémédiable. Il contempla stupidement le morceau de lance qui subsistait dans sa main : la poignée avec sa coquille, et la queue.

De toutes ses forces revenues, il jeta ce vestige dans la rivière.

Alors, il lui sembla que les eaux obscures s'entrouvraient et qu'un poisson venait agripper le morceau de bois entre ses dents, comme une longue main blanche l'aurait fait avec ses doigts. Tout parut immobile et le soleil s'arrêta dans sa course. Puis la chose retomba et s'engloutit. Et la surface des eaux se referma lentement.

Une vague naquit là-haut dans les montagnes. Elle dévala le cours de la rivière en grondant, plus formidable encore que celle qui avait failli emporter Corentin. La vallée fut bouleversée, les rives s'éboulèrent sous la bousculade tumultueuse. Un brouillard monta jusqu'aux cieux et noya le pays. Cela dura quarante jours.

Pendant tout ce temps, Corentin resta assis sous le hêtre, en jeûne et en prière. Une force nouvelle était née dans son cœur : il savait qu'il serait bientôt chevalier.

Quand la vague eut disparu, quand le brouillard de cataracte fut retombé, la rivière avait perdu sa profondeur et ses poissons voraces. Ce n'était plus qu'un ruisseau serpentant entre des bancs de sable et d'os. Les dalles de basalte, qui avaient marqué jadis le passage du gué malpassant, grimpaient maintenant vers les nuages, comme les piles d'un étrange pont sans tablier. (C'est un endroit désormais très apprécié des voyageurs, et qui figure sur toutes les cartes.)

Corentin se leva. Et, sur la rive d'en face, le grand loup gris se leva à son tour. Il descendit la berge et traversa le lit de sable asséché.

— Te voilà, toi ! Non content de m'avoir amené ici, tu t'es bien gardé de me porter secours au milieu des épreuves ! dit Corentin en flattant néanmoins l'ancien compagnon de Merlin et de Bohort.

Le loup bâilla, s'étira, claqua des mâchoires. Il était resté assis à attendre pendant un temps qui représentait lui aussi une épreuve autant qu'un exploit.

Alors, tout soudainement, il dressa les oreilles, renifla et s'élança à la rencontre du vent.

— Eh ! Attends-moi ! cria Corentin. Déjà, j'ai perdu mon cheval !

Mais le loup fila comme l'éclair. Il disparut, mais revint bientôt, serrant entre ses crocs un jeune brocard* fraîchement tué.

Corentin put ainsi se restaurer de cette façon que connaissent bien tous les chevaliers errants : de la viande crue de chevreuil, écrasée entre deux pierres, et qu'on nomme *nourriture de héros*, la pitance héroïque.

Ce fut la première fois que Corentin partagea son repas avec le loup, mais ce ne fut certes pas la dernière. Il y eut tant et tant d'aventures que ce serait passer une vie ou plus de les narrer par le menu. D'ailleurs, le conte n'en est point fini…

Le pays gâté

Corentin, sur son dos, chargea son équipement. Il se mit en marche, suivant le cheminement silencieux du loup.

Le pays qu'ils traversaient n'était guère peuplé, envahi de friches et de gâtines, souvent jalonné de ruines : moulins, villages ou châteaux, tristes amas de pierraille mangés par les ronces et le lierre.

Les habitants, pourtant, se montraient curieux. Corentin s'était attendu à des quolibets, en raison de son triste équipage et de son piètre arroi*. Mais sa réputation l'avait précédé : on venait voir et regarder, avec une haine respectueuse, celui qui avait défait le Nonchalant du gué malpassant. Un freluquet, flanqué d'un loup gris !

— Mais qui es-tu donc ? avait demandé le bailli, à l'entrée d'une bourgade dont les habitants s'étaient presque tous enfuis à l'annonce de l'arrivée prochaine de Corentin. Et que veux-tu de nous ? Nous vivions ici en paix, tuant tous les étrangers qui s'approchaient. Le Nonchalant interdisait le passage, c'était simple. Désires-tu être payé à ton tour pour massacrer ceux qui s'aviseraient de vouloir venir chez nous ?

Corentin regarda les ruines alentour, et la triste mine des rares communaux.

— Ça n'est pas très beau, *chez vous* ! Plutôt affligeant et sinistre… Quel fol esprit voudrait venir ici ?

— Mais c'est de la bonne terre ! s'insurgea le bailli. De la très bonne terre !

Et il ajouta, d'une voix malheureuse :

— Seulement, il n'y a plus assez de monde pour la cultiver.

— Faites venir des paysans de Flandre et de Brabant, proposa Corentin. Ils sont trop populeux dans un fief trop étroit.

— S'ils viennent, ils voleront nos terres !… Nos châteaux sont branlants et ne nous protègent plus.

— Faites venir des maçons de Lusitanie ou de Lombardie pour les reconstruire !

— Ils nous prendront nos maisons ! Et nos châteaux avec !

— Mais vous allez mourir ! dit Corentin. Où sont vos filles et vos garçons ?

— C'est que nous n'en avons plus guère. Ils sont souvent bien faibles, et la maladie les emporte facilement.

— Faites des alliances ! Envoyez vos filles, faites venir des garçons. Que les royaumes du voisinage soient vos parents et amis !

Le bailli se signa. (Il était très pieux en apparence et aimait organiser des rassemblements devant les cathédrales, ou même dedans. On y prêchait la haine de l'étranger.)

— Mon Dieu, quelle horreur ! Mais les autres royaumes ne sont faits *que* d'étrangers. Il nous faut donc les tuer s'ils veulent entrer ici.

Et il se mit à gémir en s'arrachant les cheveux :

— Malheureux ! Pourquoi as-tu fait ça ? Pourquoi as-tu tué notre chevalier du gué ?... Tout le monde va entrer, maintenant !

Corentin voulut plaisanter.

— Pour moi, c'était un étranger... alors, je l'ai tué !

Mais personne ne trouva à rire. Et personne ne s'opposa à l'avancée de Corentin dans le pays. On lui prêtait une force surhumaine, et le pouvoir de nombreux maléfices. Bien sûr, on lui proposa encore de l'or, puis une princesse, pour qu'il reste par ici en s'occupant de barrer la route aux étrangers... Mais quelqu'un fit remarquer que cela aurait bien l'air d'être une « *alliance avec l'étranger* », et que le précédent aurait des conséquences... On en discuta, on en discute encore, mais il y avait longtemps que Corentin avait quitté cette terre gaste*.

Au bout du fief, il avait rencontré un autre gué asséché, et seulement gardé par le squelette d'un chevalier de la haine abandonné dans son armure rouillée comme un os à chien dans une niche effondrée.

Ayant franchi le gué, Corentin ne se retourna pas.

ENTRACTE

EN SELLE

Corentin s'est enfoncé dans la Forêt d'Oubli sur la monture du Chevalier Dérouté. Au Royaume où Beautournoi le conduit, l'automobile est encore inconnue et tout le monde se déplace à cheval. Mais il lui faut apprendre que chaque activité, chaque place occupée dans la société requiert ou autorise un certain type de cheval ou de harnachement ; et que, selon son usage, la monture reçoit un nom différent, qu'il devra connaître avant de devenir chevalier.

Et vous, pourriez-vous le suivre sur la Voie des enchantements ? Pour le savoir, tentez de retrouver les noms des chevaux correspondant aux définitions suivantes. *Trois séries de définitions vous sont données pour chaque nom (A, B, C). Inscrivez votre réponse à côté de la définition qui vous permettra de trouver la réponse. Le but du jeu est de parvenir à la solution en utilisant le minimum d'indices.*

A

1. ...... Tient son nom d'un verbe ancien qui signifie « trotter ».
2. ...... Bête de somme en somme.
3. ...... Pour « monter sur ses grands chevaux ».
4. ...... Ce qu'il faut pour traverser la Lande Morbide.
5. ...... Son allure douce convient au transport des provisions du chevalier. On l'appelle alors « de gobelet ».
6. ...... Tantôt cheval de charge, tantôt cheval « de chevauchée ».
7. ...... Monture des archers et hommes d'armes accompagnant le chevalier.

B

1. ...... Pour un valet, ou pour transporter une princesse que son prince charmant vient de délivrer.
2. ...... C'est aussi le nom d'un gros registre.
3. ...... Véloce, belliqueux, mais vite épuisé, il ne sert qu'au combat.

4. ...... Porterait aussi bien Corentin le jour de son adoubement.
5. ...... Caparaçonnée pour une dame.
6. ...... Monture habituelle de l'écuyer.
7. ...... Tire son nom de ce qu'on lui a coupé la queue.

C

1. ...... C'est aussi une sorte de cuvette.
2. ...... Le matelas repose dessus.
3. ...... L'écuyer l'amène au chevalier en le tenant à la main droite.
4. ...... Son nom vient du bas-latin *paraveredus*, latinisation d'un mot celte.
5. ...... N'a rien à voir avec son homonyme qui défigure parfois certains adolescents.
6. ...... Son nom évoque une couleur.
7. ...... On nomme ainsi couramment quelqu'un de petit et trapu.

Inscrivez maintenant vos résultats dans le tableau ci-contre. Si une définition vous a suffi pour trouver la bonne réponse, comptez 5 points par réponse. Si deux définitions vous ont été nécessaires, comptez-en 3. S'il vous a fallu aller jusqu'à trois, comptez 1 point.

1	
2	
3	
4	
5	
6	
7	

TOTAL ...

Si vous avez obtenu :

de 30 à 35 points : Vous êtes digne du Royaume, continuez votre voyage.

de 20 à 29 points : Poursuivez votre route, mais vous connaîtrez sûrement quelques difficultés.

moins de 20 points : Reportez-vous au lexique ou aux pages 45 et 82, ou vous serez à pied sous peu.

Au Pays d'Ailleurs aussi, les chevaux peuvent recevoir des noms bizarres. *Testez vos connaissances en reliant d'un trait chaque mot à sa définition.*

1 hongre	**a** cheval de bataille
2 bardot	**b** cheval châtré
3 mustang	**c** cheval de course d'un an
4 tarpan	**d** cheval retourné à l'état sauvage dans les steppes kirghizes
5 mulet	**e** mauvais cheval
6 yearling	**f** issu d'un âne et d'une jument
7 haridelle	**g** femelle du poney
8 étalon	**h** dans une écurie de course, poulain préféré
9 genet	**i** cheval sauvage d'Amérique du Nord capturé pour le rodéo
10 poney	**j** d'un cheval et d'une ânesse
11 ponette	**k** cheval de petite taille
12 coureur	**l** cheval entier
13 crack	**m** petit cheval de race espagnole
14 coursier	**n** cheval de course

Réponses

1b 2j 3i 4d 5f 6c 7e 8l 9m 10k 11g 12n 13h 14a

DAME OU BONNE FEMME, DEMOISELLE OU PUCELLE

Le futur chevalier doit se montrer « courtois » envers la gent féminine et, pour commencer, nommer comme il convient femmes et jeunes filles. *Pouvez-vous aider Corentin en complétant le texte suivant avec les mots qui figurent à sa suite ?*

La reine, Iseut à la blanche face, regarda Corentin avec intérêt : « Viens donc me trouver dans ma chambre aux cent courtines… nous jouerons à la perdrix fuyant le goupil… — .... je ne puis, répondit Corentin, les Trois Chevaliers Maudits sont de retour et je dois courir au secours du Royaume. — Ami, dit alors Iseut aux longues nattes, venez plutôt avec moi : vous n'avez ni armes ni palefroi. Je saurai vous distraire de ce combat perdu. — Gente ...., voyez plutôt mon maître d'armes qui s'avance. — C'est pure magie, répliqua Iseut, apercevant un vieillard bourru. Où est passée cette .... qui disait combattre pour vous ? » Toute la nuit précédente, en effet, tandis qu'Iseut tenait Corentin enfermé dans une tour et que l'assaillaient les ennemis de l'âme, elle avait bien vu une .... leur couper la tête de son épée tournoyante. Ne sachant que penser, elle décida d'aller interroger une .... qui vivait non loin du château, sur la lande. On la disait un peu sorcière… Mais celle-ci tenait ses pouvoirs de la fée Viviane et elle ne dirait rien du sortilège qui avait permis à une .... de devenir la fée Clotilde et de se transformer, pour l'heure, en un redoutable bretteur.

- bonne femme - dame - demoiselle - fillette - pucelle -

Réponses

Dans l'ordre : dame, demoiselle, pucelle, fillette, bonne femme, fillette.

VRAI OU FAUX ?

Voici maintenant Corentin soumis à l'épreuve du vrai et du faux. Parmi ces affirmations, certaines sont exactes, d'autres non. *Rayez à côté de chacune d'elles la mention « vrai » ou « faux ».*

1	Le Gâtinais est une région ainsi nommée parce que la nature l'a particulièrement choyée, gâtée.	VRAI	FAUX
2	La poulaine est la femelle du poulain.	VRAI	FAUX
3	On appelle « féal » un homme qui s'est engagé à une fidélité absolue envers son seigneur.	VRAI	FAUX
4	Le mot « engin » peut signifier ruse.	VRAI	FAUX
5	Une barbute est une sorte de casque.	VRAI	FAUX
6	Le troussequin est une pièce de monnaie.	VRAI	FAUX
7	Un esplumoir sert à ranger les plumes d'oie destinées à l'écriture.	VRAI	FAUX
8	Une clepsydre est une horloge à eau.	VRAI	FAUX
9	Un trébuchet est une sorte de hochet.	VRAI	FAUX
10	La colée est un coup de poing donné sur la nuque par le parrain du nouveau chevalier.	VRAI	FAUX
11	Un bliaud est un bloc de bois sur lequel on appuyait la tête d'un condamné à la décapitation.	VRAI	FAUX

Réponses

1F - 2F - 3V - 4V - 5V - 6F - 7F - 8V - 9F - 10V - 11F

QUI SUIS-JE ?

Des ombres tournent autour de Corentin. Il ne les voit pas mais il les entend. Et voici ce qu'elles lui disent :

1. « Le crâne sans cheveux, une barbe blanche, légère et mousseuse comme celle des fleurs de pissenlit, qui suis-je ? »

2. « C'est moi le premier que le loup gris accompagna, qui suis-je ? »

3. « J'aime à prendre l'aspect d'une corneille, qui suis-je ? »

4. « J'ai présidé à l'initiation de Clotilde la fée, qui suis-je ? »

5. « Je cours le Royaume en robe de ciel et de pluie, qui suis-je ? »

6. « Je suis un bossu, aux membres noueux comme des sarments, aux grosses mains moussues, qui suis-je ? »

7. « Mes cheveux et mes sourcils me font comme une crinière de sanglier, qui suis-je ? »

8. « Je suis bâti comme une montagne, solide comme un roc, j'ai le teint plâtreux, un regard de marbre lisse et glacé, qui suis-je ? »

9. « Je réside à jamais dans l'île d'Avalon, qui suis-je ? »

10. « Mon frère, le roi Ban de Benoïc, fut le père de Lancelot, qui suis-je ? »

Retrouvez qui se cache derrière ces paroles mystérieuses et complétez les noms de ces personnages :

1. N - - - - - - - S	**6.** M - - - - - - - U
2. M - - - - N	**7.** L - - - - E
3. M - - - - - E	**8.** G - - - - - - - N
4. V - - - - - E	**9.** A - - - - R
5. C - - - - - - E	**10.** B - - - - T

Réponses

Voir les pages 82, 129, 20, 59, 63, 16, 16, 16, 20, 32.

MOTS MÊLÉS

Retrouvez dans la grille ci-dessous les mots correspondant aux définitions qui suivent. Ils sont à lire horizontalement de gauche à droite et verticalement de haut en bas. Vous en rayerez les lettres au fur et à mesure et découvrirez, en lisant horizontalement et de gauche à droite les lettres non rayées, le nom d'un « personnage » qui donna bien du fil à retordre à Corentin.

1. Attaché à la suite d'un chevalier pour apprentissage.

2. Officier.

3. Porte les armes du chevalier et conduit son destrier.

4. Jeune noble qui sert à la table du seigneur.

5. Serviteur d'un chevalier.

6. Pouvait offrir l'hospitalité aux chevaliers en errance.

7. Champ clos pour un tournoi ; lieu où Larmélie se fit le maître d'armes de Corentin de Perbanlieue.

8. Arme chevalier.

9. Qui s'est engagé (lié) à une fidélité absolue envers son seigneur.

10. Synonyme du mot précédent.

11. Terre ou forteresse dont on est l'unique propriétaire.

12. Possession que l'on tient d'un autre seigneur dont on est le vassal.

A	D	O	U	B	E	L	C
H	A	E	I	V	E	I	N
D	M	C	O	A	R	C	M
N	O	U	R	R	I	E	O
G	I	Y	A	L	L	E	U
L	S	E	F	E	A	L	T
I	E	R	U	T	E	I	I
G	A	L	L	O	I	S	E
E	U	F	I	E	F	L	R

Réponses

1. nourri ; 2. varlet ; 3. écuyer ; 4. damoiseau ; 5. gallois ; 6. moutier ; 7. lice ; 8. adoube ; 9. lige ; 10. féal ; 11. alleu ; 12. fief.

LA LANGUE DU ROYAUME

La langue que l'on parle au Royaume est quelquefois bien étrange pour un habitant de l'Outre Monde. Des mots de notre langue en sont absents : rappelez-vous le quiproquo sur le mot « jean », au début de l'aventure de Corentin. D'autres semblent très recherchés, voire ont disparu de notre langue, tandis que certains n'ont pas tout à fait le même sens dans les deux langues. C'est que depuis les Temps Aventureux, ou, si vous préférez, le XIIe siècle environ — date à laquelle on s'est mis à écrire les aventures des Chevaliers de la Table Ronde —, notre langue a bien évolué. Or, elle était déjà, à ce moment, le fruit d'une longue évolution : une grande partie de son vocabulaire venait du latin qui s'était imposé à la suite de la domination romaine mais s'était déformé au fil du temps. Il est cependant souvent facile de reconnaître l'origine latine d'un mot français et, si le mot est inconnu — ce qui se rencontre souvent quand on lit un texte ancien — cela peut aider à en deviner le sens.

Sauriez-vous compléter les phrases suivantes en vous aidant, quand elle est donnée, de l'étymologie du mot manquant, sachant que, sous une même lettre, sont regroupées des phrases dont les mots manquants appartiennent à la même famille ? Attention, quelquefois, le mot attendu est un mot d'ancien français. À vous de faire preuve de jugement.

A - *dextrum* (latin) : droit, adroit

Corentin regarda à - - - - - et à senestre avant de piquer des deux.

Le deuxième blason, sur un émail de sable noir, montrait en pal un - - - - - enflammé. (Ce dernier mot est en outre formé du grec « cheir » qui signifie « la main, le bras ».)

Larmélie débarrassa Corentin de ses vêtements avec une grande - - - - - .

B - *relinquere*, *relictum* (latin) : laisser, abandonner

Ce sont vestiges glorieux d'un passé qui n'est pas le mien. Des - - - - - !

Avec la somme perçue, il peut rembourser la plus grande partie de sa dette. Il réglera le _ _ _ _ _ le mois prochain.

Un morceau du bois de la Croix est conservé dans ce _ _ _ _ _ _ .

C - *brevem* (latin) : court

_ _ _ _ _ ! Venons-en au fait.

Le sentiment de la _ _ _ _ _ du temps qui nous restait à passer ensemble nous faisait prolonger les veillées.

Voulez-vous _ _ _ _ _ ce passage un peu long ?

N'est-il pas amusant que Charlemagne (c'est-à-dire Charles le Grand) ait porté un nom qui signifiait le contraire de celui de son père, Pépin le _ _ _ _ _ ?

D - *ban :* proclamation publique

Ce vieux mot nous est resté dans l'expression « publier les _ _ _ _ _ d'un mariage » au sens de « annonce publique ».

On nommait _ _ _ _ _ un seigneur ayant le pouvoir de rassembler ses vassaux sous sa _ _ _ _ _ , afin d'entreprendre une guerre ou un combat.

Corentin de _ _ _ _ _ se fait un titre de noblesse de sa _ _ _ _ _ natale, au pays d'Ailleurs ; un mot qui vient de loin et qui, au Royaume, désignait un territoire d'une ou de quelques lieues autour d'une ville où s'exerçait le droit de _ _ _ _ _ , c'est-à-dire le pouvoir d'un seigneur ou d'une municipalité. Celui qui était _ _ _ _ _ n'avait pas le droit de pénétrer sur ce territoire.

Réponses

A - dextre, dextrochère, dextérité. **B** - reliques, reliquat, reliquaire. **C** - bref, brièveté, abréger, Bref. **D** - ban, banneret, bannière, Perbanlieue, banlieue, ban, banni.

CHERCHEZ L'INTRUS !

Grâce à votre connaissance du Royaume, retrouvez l'intrus de chaque série et rayez-le.

1. Brocéliande, Camaalot, Cardoel.
2. dragon, soleil, pluie, intelligence, force.
3. Sébastien, Lucifer, Georges, Christophe, Michel, Dextrochère, Denis.
4. féal, lige, félon, vassal, suzerain, banneret.
5. Gravillon, Mauplantu, Lahure, Desrée.
6. poulpiquet, fée, djinn, troll, freluquet, korrigan.
7. Voie Lactée, Grande Ourse, Chariot d'Arthur, Lancelot, étoile Polaire.
8. déloger, s'éclipser, déroger, décamper, déguerpir.
9. Madeleine, Samaritaine, Cana, Lazare, Rameaux, Noé, massacre des Innocents.
10. arc, arbalète, martel, fléau, hache, pieu, corsèque, pertuisane.

Réponses

1. Il n'y a pas de château de Brocéliande. **2.** L'eau n'a rien à voir avec la victoire de Corentin sur le dragon. **3.** Lucifer n'est pas un saint invoqué par le héros mais le Démon en personne. **4.** Félon signifie « traître » et n'indique pas un rang dans la société féodale. **5.** Desrée ne fait pas partie des gardiens du château de Camaalot. **6.** Un freluquet n'est pas un être légendaire ou féerique, mais un jeune homme prétentieux. **7.** Lancelot n'est ni une étoile, ni une constellation. **8.** Déroger ne signifie pas « partir » ou « s'enfuir », mais « ne pas observer (une loi, une règle) ». **9.** Noé est un personnage de l'Ancien Testament, alors que les autres mots ou expressions renvoient à l'Évangile. **10.** Seul le pieu n'est pas une arme, l'épieu en est une.

L'ART DE LA FUGUE

Il est des circonstances où le futur chevalier doit prendre le parti de l'esquive. Devant la carole endiablée, par exemple, le courage et la force n'ont aucune efficacité, il faut fuir. Mais il y a mille manières de le faire et mille manières de le dire. Et sous le coup de l'émotion, Corentin a tout mélangé :

> « En avant, Beautournoi ! Il n'y a plus qu'à tirer
> la poudre d'escampette, tourner le siège, prendre
> le camp, lever casaque, sacrer sa révérence !... »

Pouvez-vous rétablir les expressions qu'il aurait dû employer en écrivant après les verbes ci-dessous les compléments convenables ?

tirer - - - - - - - -   tourner - - - - - - - -   prendre - - - - - - - -

lever - - - - - - - -   sacrer - - - - - - - -

Réponses

Lever le siège. Sacrer le camp. Prendre la poudre d'escampette. Tourner casaque. Tirer sa révérence.

PAR LES VOIES D'ENCHANTEMENT

Partez à la suite de Corentin sur la Voie des enchantements. *Vous devrez traverser les différents lieux dans le même ordre que lui. Il vous arrivera parfois de croiser un sentier que vous aurez déjà emprunté mais jamais vous ne pourrez revenir sur vos pas. Pour commencer, retrouvez l'ordre dans lequel les différents lieux doivent être abordés et inscrivez son numéro à côté du nom de chacun d'eux. Attention, l'un d'entre eux doit recevoir deux numéros.*

Île des Pommiers		Château de Camaalot	
Lande		Dénudée de Larmélie	
Prairie de la carole		Château de l'Effroi	
Forêt d'Oubli		Gué malpassant	

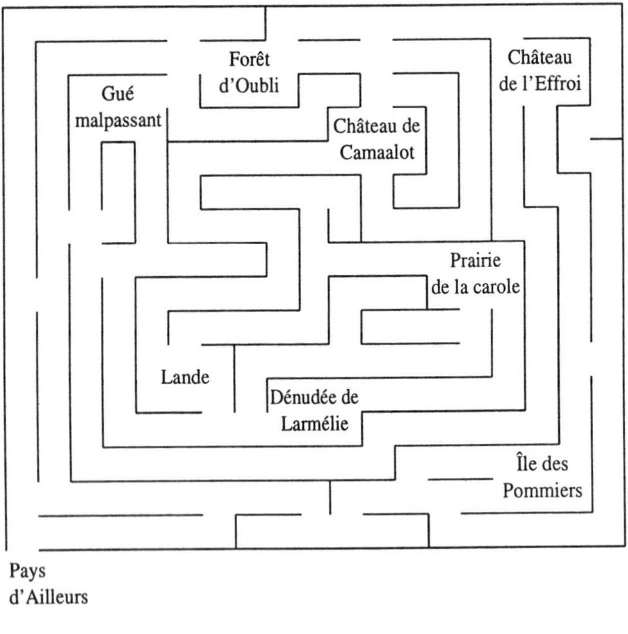

D'UN CONTE L'AUTRE

N'avez-vous pas eu parfois l'impression d'avoir déjà vécu en lecture ou en rêve l'aventure de Corentin, d'avoir rencontré ailleurs un des personnages du Royaume ?... Rien d'étonnant à cela sur la Voie des enchantements. Essayons d'y voir un peu plus clair cependant. Vous allez trouver ci-dessous un certain nombre d'extraits (numérotés) d'autres contes que Corentin a croisés sur sa route, puis la liste des ouvrages dont ces extraits sont tirés (précédés d'une lettre). *Indiquez l'origine de chaque extrait et cherchez le passage des* Contes d'Excalibur *lui correspondant. Inscrivez ensuite vos réponses dans le tableau suivant. Attention, deux extraits correspondent au même passage.*

Extrait n°	**de (lettre)**	***Contes d'Excalibur* p. . . .**

1. « Le soleil va disparaître à l'horizon... Mais pour son serviteur, Dieu fait un grand miracle : il arrête la marche du soleil. Les Francs atteignent leurs ennemis, les frappent, les massacrent, et se vengent cent fois de leurs pertes. »

2. « Alors la moutarde, comme on dit, finit par monter au nez du petit tailleur, il attrapa un bout de drap dans sa corbeille à chiffons et, "Attendez un peu que je vous en donne !", il tapa (sur les mouches) impitoyablement. Quand il retira le chiffon et compta, il n'en vit pas moins de sept, mortes sous ses yeux, les pattes en l'air. »

3. « Vers minuit, un cri le réveilla en sursaut. Il promena ses yeux dans la chambre et remarqua près de la fenêtre une épée suspendue. Déjà, il s'apprêtait à l'enlever, mais l'épée enchantée tomba comme la foudre, vint le blesser et retourna à sa place. Gauvain en resta interdit. »

4. « [Cadmos] envoya [...] ses compagnons chercher de l'eau à une source voisine, appelée Source d'Arès. Mais un dragon, qui était le descendant d'Arès lui-même, gardait la source, et il tua la plupart des hommes que Cadmos avait envoyés. Cadmos vint au secours de ses compagnons et tua le dragon. Athéna lui apparut alors et lui conseilla de semer les dents de l'animal. Ce que fit Cadmos ; aussitôt, sortirent de terre des hommes armés, que l'on appela les *Spartoi* (c'est-à-dire les Hommes Semés). Ces hommes miraculeux étaient menaçants. [...] »

5. « Alors Giflet, la tête basse, s'en fut au bord du lac et il avait le cœur gros quand il tint la belle et tranchante lame dans sa main. Pourtant, en soupirant, il se décida à la jeter aussi loin que possible et il attendit ce qui allait se passer. Alors, dans un jaillissement d'eau, surgit une main qui s'empara de l'épée par la poignée et la fit disparaître à jamais. »

6. « Alors Il appela Noé, qui était un homme juste, et lui dit : "À cause de ses habitants, la Terre est remplie de violence, et je vais la détruire. Fais-toi une arche de bois résineux et enduis-la de poix à l'intérieur et à l'extérieur. Moi, je vais apporter sur la Terre le déluge des eaux afin que tous ses habitants périssent." »

7. « Cependant le soleil commençait à descendre et Josué comprit avec désespoir que les cinq rois allaient lui échapper. Il fit alors une prière à l'Éternel, et dit devant tout Israël :

Soleil, arrête-toi sur Gabaon !
Et toi, Lune, fais halte sur Ayyalon !...

Le soleil s'arrêta, la lune fit halte. Immobile dans le ciel, le soleil offrit sa lumière pendant près d'un jour et Josué captura les cinq rois. »

8. « La sœur Anne monta sur le haut de la Tour, et la pauvre affligée lui criait de temps en temps : "*Anne, ma sœur, ne vois-tu rien venir ?*" Et la sœur Anne lui répondait : "Je ne vois rien que le soleil qui poudroie, et l'herbe qui verdoie." »

A. Michèle Kahn, *Contes et légendes de la Bible. Du jardin d'Éden à la Terre promise* (Pocket Jeunesse, n° J085), pp. 155-156.

B. Grimm, *Contes*, « Le vaillant petit tailleur ».

C. Pierre Grimal, *Dictionnaire de la mythologie grecque et romaine*.

D. Charles Perrault, *Contes*, « La Barbe bleue ».

E. Marcelle et Georges Huisman, *Contes et légendes du Moyen Âge français, La Chanson de Roland* (Pocket Jeunesse, n° J330), p. 81.

F. Laurence Camiglieri, *Contes et légendes des Chevaliers de la Table ronde*, « Le Château Aventureux » (Pocket Jeunesse, n° J058), p. 145.

G. Michèle Kahn, *Contes et légendes de la Bible. Du Jardin d'Éden à la Terre promise* (Pocket Jeunesse, n° J085), p. 25.

H. Laurence Camiglieri, *Contes et légendes des Chevaliers de la Table ronde*. « La Mort d'Artus » (Pocket Jeunesse, n° J058), p. 192.

Réponses

1E, p. 154 ; 2B, p. 113 ; 3F, p. 145 ; 4C, p. 71 ; 5H, p. 129 ; 6G, p. 128 ; 7A, p. 154 ; 8D, p. 134.

POUR EN SAVOIR PLUS

L'HISTOIRE

Pour l'histoire du roi Arthur et des Chevaliers de la Table Ronde, pour les récits et films les concernant, nous renvoyons à l'Entracte des *Contes et légendes des Chevaliers de la Table Ronde* paru dans la même collection (n° J058). Nous donnons ici en complément quelques autres références majeures :

- de Richard Wagner, *Lohengrin* (1848) et *Parsifal* (1882) ;
- de Julien Gracq, *Le Roi pêcheur* (1946) ;
- de T. S. Eliot, *La Terre vaine* (1921-1922) ;
- de Florence Delay et Jacques Roubaud, *Grand-Théâtre* (1977) ;
- de Tankred Dorst, *Merlin* (1981).

L'AUTEUR

L'auteur des *Contes d'Excalibur*, Alain Demouzon, est né un vendredi 13 de 1945 en grande banlieue et il écrit depuis 1974. *Mes crimes imparfaits* lui vaut en 1978 le prix Mystère de la critique. Puis *Un coup pourri*, en 1979, nous fait découvrir le détective Nicolas Placard que l'on retrouve en 1981 dans *Adieu la Jolla*. Plus tard, il entreprend la série des Enquêtes du commissaire Bouclard (*Le Complot du Café rouge*, *Le Crime de la Porte jaune et autres nouvelles...*). Cet auteur de romans policiers, de romans de mœurs et d'atmosphère, a aussi travaillé pour le cinéma, l'édition musicale, la télévision et écrit pour la jeunesse. Clotilde et Corentin apparaissent dans les *Contes du Gobe-mouches* (Prix du Centre international d'études en littérature de jeunesse). En 1992, enfin, la Société des gens de lettres de France a attribué à Alain Demouzon le Prix Paul Féval de littérature populaire pour l'ensemble de son œuvre.

VIII

LE CHÂTEAU DE L'EFFROI

Le loup gris avançait sans relâche vers la lumière, il cheminait vers l'orient. Le soleil naissait à l'horizon, flamme fragile qui embrasait soudain le ciel. Le cercle de feu montait dans l'espace et retombait vers la nuit, mais le loup avait si bien marché que son regard bridé voyait déjà surgir un autre soleil flamboyant dans les lueurs glacées de l'aube.

Corentin suivait le loup. Le temps ne comptait plus. Ils avaient traversé des pays secs et des terres assoiffées, des déserts de pierre et des écarts de sable, des plateaux de basalte vitrifié, des gorges de schiste acéré. Corentin avait la soif et la mort pour compagnes, elles lui criaient sans relâche des paroles muettes que son cœur et son ventre entendaient.

Sur la route, Corentin avait trouvé les harnais de Beautournoi jetés à terre, les courroies rompues. Il avait, avec joie, chargé sur son dos la selle de son palefroi. Ce fut comme s'il avait retrouvé son fier cheval d'aventures ! Le chemin qu'ils suivaient était le même. Bientôt, ils se retrouveraient. Alors, il traîna la selle sur ses épaules avec une force neuve. Jusqu'à ce temps où la fatigue vint le terrasser encore.

Un chevalier sans cheval n'est rien qu'un homme à pied. Portant sa selle, au lieu d'être porté par elle, le voici vaincu, humilié et impuissant. Un piéton piteux.

Et Corentin n'était même pas chevalier. Toujours pas !

Alors, il abandonna à nouveau la selle le long de la piste, puis jeta l'écu au blason dragonné qui disait son nom et sa bravoure. Puis il ficha dans le sable Sandragon, la belle épée vaillante. Et même, délaissa pour finir ce gantelet de ferraille dont il ne tirait plus la moindre force. Ses vêtements effilochés, durcis, cassés par le vent et le soleil, disparurent en lambeaux.

Bientôt nu, il marchait derrière son loup gris, traversant des villages où on leur lançait des pierres en criant : « Mowgli ! Mowgli ! »

« C'est trop d'injustice ! songeait Corentin. Moi qui fus bel écuyer, vif au combat et courtois autant qu'il faut, me voilà chassé comme un mendiant ! »

Mais il avançait toujours, adoptant la souplesse du loup et sa prudente indifférence. Il ne se retourna jamais, et oncques ne sut que le pays reverdissait sous sa foulée. Dans son dos, la terre gaste* redevenait fertile, une herbe verte frissonnait sur la prairie, des cercles de cyclamens fleurissaient dans les clairières des forêts nouvelles dont les arbres allaient tendre le doigt aux étoiles en moins d'une nuit.

À l'orée de ces bois ignorés de Corentin, une demoiselle en robe de ciel et de pluie flairait le vent et scrutait la piste.

— Je vois l'herbe qui verdoie et la route qui poudroie ! chantonnait-elle, joyeuse.

Et elle allait de lisière en clairière, de bosquet en toupet, de taillis en maquis, faisant jaillir des sources sous son pied charmant. On ne la vit jamais passer d'une forêt à l'autre, elle volait, dit-on, minuscule parmi le pollen et les parfums balayés par les zéphirs. Certains disent qu'elle se changeait en libellule, justement nommée *demoiselle*. D'autres la veulent abeille ou coccinelle, cygne ou rossignol.

Ce qui est sûr, c'est qu'elle trouva la selle de Beautournoi et la fit trotter derrière elle, sur un cheval invisible, auquel elle accrocha aussi l'écu, l'épée et le gantelet de Corentin.

Loin devant, le garçon nu poursuivait sa route. On l'appelait *Le Divagant* ou *Celui qui erre avec le loup*.

Corentin était seul en lui-même et il songeait au Chevalier Dérouté qui lui avait montré la route aventureuse et la Voie des enchantements. Il pleurait la mort de Bohort, son doux parrain, et se lamentait :

— Qui donc pourrait me faire chevalier, si le dernier des preux a quitté ce monde ? Qui viendra m'adouber*, à l'heure venue ?

Mais la même voix de toujours chantait dans le vent, répétant à Corentin qu'il était le dernier espoir du Royaume et qu'il devrait errer jusqu'à son dernier souffle pour tenter de restaurer l'ancienne vertu.

Un soir, Corentin aperçut les clochetons et les toitures d'un castel élancé.

Il eut l'impression d'avoir déjà rencontré ce château. Et les neuf corneilles ricanantes qui voltigeaient alentour lui serrèrent le cœur de méfiance.

— *Va au château !* criait une voix dans sa mémoire. *Fais-toi reconnaître. On t'ouvrira les portes et tu seras roi !*

Corentin se présenta à la porte du château. La herse était basse et le pont-levis abaissé.

— Je suis Corentin… Corentin de Perbanlieue… Qu'on lève cette herse, je vous prie. Permettez-moi d'entrer !

Les paroles de Corentin franchirent les barreaux de la grille, filèrent le long des murs, tournoyèrent dans le palais, puis revinrent à ses oreilles sans que personne, en apparence, les eût entendues.

Corentin marcha sur le pont de bois.

— Corentin de Perbanlieue, messires, vous demande la porte et sauvegarde !

L'écho renvoya bien vite cette réclamation.

Corentin secoua les fers croisés de la herse.

— Holà ! Y a-t-il âme qui vive en ce château ?… Après la terre gaste, voici le castel vuidé* !… C'est moi, Corentin de Perbanlieue !

Cette fois, un frisson parcourut les pierres, un murmure douloureux naquit dans les profondeurs du château, une plainte languissante fit grincer les girouettes. Les chaînes cliquetèrent, le chevalet tourna et la herse s'éleva dans ses rigoles de pierre. Corentin pénétra dans la cour.

Derrière lui, le loup gris était resté assis sur l'autre bord des douves.

— Tu viens ? demanda Corentin sans se retourner. Je ne sais quelle nouvelle épreuve m'attend, et ton aide me sera précieuse.

Mais il avait deviné que le loup resterait à l'attendre au-dehors. Le loup regarda ailleurs et Corentin s'avança.

Le Roi Meurtri

Au milieu de la cour, Corentin ne vit personne. Il eut à nouveau le sentiment d'avoir déjà vécu semblable péripétie. Il allait franchir le perron, il entrerait dans le palais, et il y trouverait un vieux chevalier abandonné tout couvert des cicatrices du passé. Ainsi s'était-il présenté un jour devant Bohort, au début de sa quête vers Excalibur. Et Corentin savait maintenant que le chemin parcouru ne cesse d'être reparcouru, que les pas du chevalier le reconduisent dans ses propres pas, que la même aventure se reproduit cent fois. Il entra dans le palais.

C'était une salle harmonieuse et vaste, drapée d'étoffes de brocart et meublée de coffres sculptés. Des flambeaux grésillaient sur chaque pilier, un lustre de fer garni de chandelles était suspendu à la voûte par une longue chaîne. Devant la cheminée, qui brûlait d'un grand feu, une très jeune fille attendait.

Elle était parée des plus beaux atours*, et ses longs cheveux de jais étaient nattés de rubans couleur d'amande. Ses yeux avaient l'éclat vert pâle d'un étang vivace.

Corentin salua courtoisement, du mieux qu'il put, car il était nu comme un nouveau-né.

La jeune princesse parut ne rien remarquer. Le coin de son regard glissa à peine vers le ventre de Corentin quand elle se retourna, en lui faisant signe de la suivre.

Ils franchirent plusieurs portes, parcoururent un long couloir obscur puis escaladèrent un colimaçon mal éclairé par des torches de résine. Dans une chambre au haut de la tour, un homme à barbe blanche gisait sur un lit de sangles couvert de peaux de bêtes.

— Ainsi donc, c'est toi Le Divagant, celui qui erre avec le loup ? murmura faiblement le roi blessé. La renommée de tes exploits est venue jusqu'à moi… si tu es bien celui qu'on dit !

— Mon nom est Corentin. J'ai vaincu le dragon, les Chevaliers Maudits, les bêtes maléfiques... La carole envoûtée fut par mes soins désenvoûtée et...

— Tut, tut, tut ! s'énerva le vieux roi. Ne parle pas en présomptueux ! Je sais ce que valent ces combats et ces victoires apparentes. Crois-tu que je ne sois pas un chevalier aguerri autant qu'on peut l'être ?

Disant cela, il sortit sa jambe de sous les fourrures et montra sa cuisse blanche de peau où le fer d'une lance était planté d'une si horrible façon que des chairs violacées et jaunâtres avaient repoussé tout autour. Trois gouttes d'un sang clair et vermeil tombèrent sur le sol. La demoiselle s'agenouilla pour les essuyer, mais trois nouvelles gouttes vinrent pleuvoir aussitôt.

— Il faudrait vous faire enlever ça, dit Corentin. Un bon chirurgien devrait pouvoir...

Le roi balaya d'un revers de main la remarque de Corentin.

— Nul ne saurait guérir cette blessure ! On m'appelle le Roi Meurtri, le Roi Lésé, le Roi Contus, Navré, Contrit... Toutes paroles disant assez de quelle plaie profonde souffre le maître de ce royaume ! Ainsi en est-il advenu de celui qui voulut combattre à la lance brisée.

— Mais moi aussi, j'ai combattu à lance brisée ! s'exclama Corentin.

Alors, disant cela, il sentit revenir la faiblesse. Il se souvint de ces moments de douleur sans souffle où la force le quittait. Il tomba à genoux et son front vint buter sur la cuisse du roi. Le fer de cette lance n'était-il pas celui de Bohort ? Dans la fièvre qui se saisissait de lui et brouillait son regard, Corentin pensa reconnaître la pointe de l'arme qu'il avait jetée dans la rivière obscure.

— Si tu es bien celui qu'on dit, reprit le roi, peut-être sauras-tu nous délivrer des enchantements qui tiennent le royaume sous maléfice ? La prophétie ne proclame-t-elle pas qu'un garçon viendra, comme autrefois ce jeune Arthur, qui fut plus tard le grand roi Pendragon de Logres, prince de Bretagne ?

Corentin se redressa fièrement. La jeune fille laissa échapper un rire derrière ses doigts croisés devant ses lèvres.

— Un garçon tout nu ! dit-elle.

Corentin sentit qu'il rougissait jusqu'à la pointe des oreilles, mais il n'y pouvait rien. C'était malgré lui. Il se tint droit et ferme.

— Où est l'enclume ? Où est l'épée ? demanda-t-il avec fougue.

— Il faut d'abord te reposer, damoiseau ! dit le Roi Meurtri. Ma fille, Iseut aux longues nattes, te conduira sur une couche que je te souhaite chaude et moelleuse. Nous verrons le reste demain...

Et il ajouta, avec une infinie tristesse :

— Si tu survis à la nuit !

Il se tourna contre le mur, en s'ensevelissant sous les pelisses.

Corentin suivit Iseut dans d'autres dédales de couloirs et de chambres. Tout paraissait désert. Pourtant, des rumeurs profondes s'entendaient par instants, un cri fusait — aussitôt arrêté —, un rire, un chuchotement, puis de lourds silences.

— Où sont vos gens ? s'étonna Corentin. N'avez-vous pas servantes ou valets ? Barons et dames d'atours*, chapelains et bergerettes, marmitons et fileuses, toute brave maisonnée que mérite un vrai roi ?

— Il n'y a plus que des ombres et des cris pour peupler notre palais, répondit Iseut aux longues nattes (nattes qui, en vérité, effleuraient le dallage). Les démons ont pris pouvoir sur nos sujets, qui n'en finissent plus de danser et baller dans une prairie maudite.

— Mais ces démons, je les ai occis ! s'écria Corentin.

Puis il se souvint que d'autres esprits diaboliques s'étaient emparés aussitôt de l'âme de ceux qu'il avait cru délivrer de la sarabande éternelle. La carole envoûtée s'était métamorphosée en danse macabre et cruelle. Il avait laissé derrière lui ce peuple de la nuit haché menu et pourfendu. La malédiction n'était pas levée pour autant.

Une rampe dallée de craie et d'ardoise montait vers le donjon. Corentin entendit venir à lui une chanson murmurée à bouche close. Une ballade sans paroles, pleine de larmes et de regrets.

Passant devant une porte entrouverte, il aperçut une femme très belle et solennelle assise sur une cathèdre* de bois sombre.

— C'est la reine, dit Iseut.

Et elle fit la révérence. Corentin s'agenouilla.

La reine chantait en elle-même. Son regard était fixé vers le lointain d'un pays qui n'était pas ici. Son visage, d'une blancheur de lait, était cerclé d'un voile qui maintenait sa coiffure. Ses bras étaient allongés, immobiles, sur les appuis du fauteuil à haut dossier. Ses mains fines s'appuyaient sans les étreindre sur les boules spiralées des accoudoirs. Dans la chambre vide, de gros chandeliers d'or pleuraient des larmes de cire.

— Venez ! dit Iseut. Elle ne vous voit pas.

Corentin se releva. Il suivit docilement la jeune fille jusqu'au sommet de la rampe, où s'ouvrit la porte d'un réduit glacé par les vents. Dans les brèches de la toiture délabrée, apparaissaient des morceaux de ciel mauve où glissaient par instants des nuages aux reflets orangés.

— Est-ce là la chambre d'un écuyer ? s'étonna Corentin. Ai-je tant marché pour échouer dans ce galetas misérable ?... Il y a si longtemps que je n'ai pas connu la douceur d'un lit !

— Qu'avez-vous à vous plaindre ? répondit Iseut aux longues nattes. Au moins, vous aurez voyagé ! Moi, je n'ai jamais quitté ces pierres lugubres et n'ai fait de chemin dans la vie qu'à travers ces couloirs sans fin où dansent les courants d'air. Ici, vous serez très bien... et tout près du ciel !

Disant cela, elle leva un index vers la toiture crevée. Corentin vit briller une étoile. Mais dans son dos la porte claqua. Iseut s'était enfuie, le laissant seul et sans lumière.

La nuit des épouvantements

Corentin tenta d'ouvrir la porte, qui paraissait fragile et dérisoire, mais ses efforts furent vains.

« Me voici prisonnier de ces trois fous ! » songea-t-il.

Grâce à la lueur du ciel, ses yeux s'habituèrent à l'obscurité. Il distingua dans un coin un méchant lit de planches et, tant qu'à faire, décida de s'y reposer. Le sommeil lui serait pour l'instant un rempart contre les soucis, une couverture pour oublier les tracas de la Quête. Il allait s'entortiller dans ses rêves comme le Roi Navré dans ses pelisses, et il s'en irait dans ce pays des songes où il avait construit une chaumière au grand lit de plumes où l'attendait celle qu'il se plaisait à appeler *Larmélie*.

Corentin s'étendit donc sur la toile rugueuse qui garnissait le lit. Un terrible sommeil s'écroula sur lui aussitôt et il eut l'impression de glisser et tomber dans un trou noir. Son corps tournoyait et coulait. Au bout de ce puits sans fin devait se trouver l'apaisement du repos…

Mais la chute ne cessait pas et Corentin sentit l'effroi venir en lui. Le souffle lui manquait, son cœur épuisé battait et sautait dans sa poitrine. Corentin tendit ses mains comme des griffes pour tenter de freiner sa descente. Une soudaine douleur le mordit à la cuisse.

Corentin se dressa sur son séant. Le cri qu'il poussa entraîna la fuite de la bête dévorante.

— Saloperie de rat !

Vexée, la bête s'arrêta et se retourna, disant :

— À quoi bon m'injurier, vraiment ? Je fais ce qu'un rat doit faire quand la faim lui tord le ventre et lui allonge cette queue déjà si longue et si maigre !… Toi-même, tu n'es pas bien gras, Corentin de Perbanlieue, mais ton sang a comme un goût de chevreuil, nourriture du héros. Tu as bien su tuer la bête quand il le fallait… Chacun son tour !

Corentin chercha ses armes. Mais il avait tout perdu, il était nu et sans défense, offert à tous ceux qui lui voudraient du mal. La peur faillit le tuer. Mais toutes ses forces passèrent dans le hurlement qu'il poussa :

— Laaaseeer ! Démon, dis-moi ton nom ?

— On me nomme Gaspard de Surmulot, parmi le peuple des rats… car je ne suis pas un démon !

— Tu parles trop vivement pour ne pas en être un !

— Et toi, diable rose à la peau qui sent la bête fauve, veux-tu nous faire croire que tu es chevalier ?

— Je ne suis pas chevalier.

— Ce que je disais !

Corentin chercha une réplique mais un grand découragement le submergea. Il n'était toujours pas chevalier en effet et il conversait avec un rat aux moustaches frétillantes et aux petits yeux innocents. La folie n'était-elle pas en train de s'emparer de son esprit ?

Mais il songea que le roi paraissait compter sur lui pour la délivrance des enchantements, que toute épreuve doit être surmontée et toute énigme effacée sinon résolue.

— Dis-moi, Gaspard, quel genre d'épreuve es-tu donc pour moi ? Quelle énigme, quel rébus ?

— Rien de tout ça ! Je voulais juste casser un peu la croûte. Une petite bouchée. Ça change du pain sec... Les gens du château aussi connaissent une grande famine de viande.

Corentin frissonna.

— Et alors ?

— Alors, ils te feront manger autant qu'ils le pourront. Ils te nourriront comme un porcelet. Tu engraisseras... et ils te passeront à la marmite, à la broche, à la lèchefrite !

Le rat Surmulot eut un drôle de rire pour saluer ces prophéties peu engageantes. Corentin haussa les épaules.

— Ce sont des sornettes, des contes pour enfants... Je ne te crois pas !

— Dans ce cas, dit Gaspard, je ne suis pour toi d'aucune utilité. Les animaux ne parlent pas ailleurs que dans les contes pour enfants. Si tu ne veux plus y croire, il te faudra trouver un autre compagnon. Pour qui te prends-tu ? Ne vois-tu pas que nous ne sommes que deux bêtes velues grouillotant dans un grenier ?!

— Bêtes velues ? Parle pour toi !

Gaspard de Surmulot haussa les épaules, tapa le plancher de la queue et disparut. Corentin resta seul, prenant seulement conscience du poil qui était poussé sur son corps tout au long de son errance. Il n'était plus un petit garçon.

Pourtant, il avait bien envie de pleurer.

Une larme, rien qu'une larme !...

Mais elle ne voulait pas sortir. Il avait beau serrer les paupières très fort et se frotter les yeux avec les poings, rien ne voulait sortir. Il ne pouvait plus redevenir un petit garçon.

Alors, les épouvantements vinrent à lui et il sut qu'il devrait les affronter sans le secours du soleil.

Une main sortit des ténèbres. Elle brillait d'une blancheur étrange, comme d'un éclair de foudre enfoui sous la neige. Cette main tenait un sablier : deux grosses larmes de cristal dont l'une était pleine d'une poussière d'albâtre. La main retourna le sablier et les cendres blanches commencèrent à s'écouler en entonnoir par l'isthme étroit qui reliait les deux bulles de verre.

La main avait disparu. Le sablier restait suspendu à mi-chemin du sol et du plafond. Le temps coulait. Le temps était compté.

Et Corentin ne comprenait pas quel défi lui était ainsi lancé.

— Qu'est-ce que je dois faire ? Mais que dois-je faire ! criait-il en haut de sa tour oubliée.

Et il voyait, avec ses yeux de plus en plus horrifiés, le sable qui s'enfuyait.

Bientôt, la sphère supérieure se trouva vidée.

La porte s'ouvrit aussitôt. Une lumière aveuglante repoussa Corentin vers le fond de son galetas. Un bras de feu jaillit, tenant dans son poing serré une lame brûlante et acérée. Le bras se leva pour frapper.

Corentin hurla. La lame lui entailla l'épaule, mettant l'os à nu et brûlant les chairs. Elle glissa sur la hanche, taillant une grande blessure dans la cuisse et broyant le pied.

La porte se referma. L'obscurité revint. La main blanche réapparut. Elle renversa le sablier. La poussière du temps s'écoula.

Corentin s'étranglait d'effroi. Il cherchait son souffle en ouvrant la bouche comme un poisson. La douleur lui était moins terrible que la peur de ne rien comprendre à ce qui lui arrivait.

— Je ne veux pas ! Arrêtez ! Je ne comprends rien !

Mais le sablier fut vide, et l'énigme n'était toujours pas résolue.

La porte s'ouvrit. La lame sectionna les tendons de Corentin. Il tomba sur les genoux, mains en avant. D'un revers, le sabre de feu lui trancha les poignets.

Et la main de lumière vint tourner encore le sablier maudit.

Couché dans son sang, parmi les morceaux de son corps dépecé, Corentin ne songeait même pas qu'il allait mourir. Il voulait *comprendre*. Ne pas disparaître avant d'avoir compris la solution qu'il n'avait pas su trouver. L'épouvante la plus réelle, le désespoir le plus absolu seraient de mourir ainsi, sans rien qui vienne expliquer la rigueur de cet enchantement.

Corentin fixait, écarquillé, le sable blanc qui coulait.

— Cesse un peu ! criait-il. Ne va pas si vite ! Laisse-moi le temps !

Mais le temps ne voulait rien laisser.

Alors, la porte fatidique s'ouvrit pour la troisième fois. Corentin ne ferma pas les yeux, il voulait voir sa mort en face.

Derrière la porte, la lumière qui était comme un grand feu vacilla et s'éteignit. Des boules phosphorescentes roulèrent sur le plancher, rebondirent sur les murs et jaillirent vers le ciel. Elles s'arrêtèrent pour flotter à la hauteur même où s'était tenu le sablier.

Corentin reconnut alors que ces boules étaient les têtes coupées de tous ceux qu'il avait aimés sur terre. Ces chefs décapités tournaient lentement comme des planètes. Leurs lèvres parlaient à Corentin, mais il n'entendait rien.

— Que dites-vous ? Je ne comprends pas. Plus fort !

Les têtes vinrent embrasser Corentin sur le front et les lèvres, mais il ne voulait pas. Il tentait de les repousser avec ses bras amputés.

— Non ! Ne me touchez pas !... Vous êtes morts !... Je ne veux pas aller dans votre royaume.

Dans un grand sifflement, comme le bruit d'une soie qu'on déchire, les crânes s'évaporèrent dans la nuit.

Une fumée d'encens s'éleva dans la tour, une lumière couleur de miel fit danser des ombres sur les poutres, et la procession entra. Corentin pensa à des anges, tant ces êtres étaient jeunes et beaux, sans qu'on puisse dire s'ils étaient filles ou garçons. Tous tenaient un cierge en main, ils étaient vêtus d'une longue chasuble aux mille plis couleur de neige. Ils chantaient.

Et leur cantique apaisé disait l'espérance et la joie de l'aurore. Corentin en fut si ému qu'il tenta de chanter avec eux. Alors, les parties de son corps se recollèrent et il se releva, plus vigoureux et vaillant que jamais. Le matin était là.

La porte s'ouvrit. Iseut aux longues nattes regarda d'un œil prudent par le battant entrouvert.

— Vous êtes sauf ! (Elle se signa.) C'est donc vrai : la fée vous protège, votre puissance est démoniaque !

— Seul saint Georges, le grand chevalier, me protège ! improvisa Corentin. Il a vaincu le dragon et réduit à merci les puissances des ténèbres. Qu'il m'ait en sa sainte garde !

En disant cela, il se signa à son tour, avec génuflexion.

La jeune Iseut, toutefois, le regardait avec suspicion.

— Il y a ici-bas dans le palais, dit-elle, une demoiselle qui prétend vous connaître et veiller sur vous. Toute la nuit, elle a combattu l'invisible, armée d'un gantelet, d'une baguette et d'une fière épée, et chevauchant une cavale de vent. Elle porte une robe de brume et de ciel, et se défend derrière un écu de gueules et d'argent.

— Ce sont mes armes ! dit Corentin. Cette fillette porte mon écu.

Iseut eut une petite moue jalouse.

— Votre écuyer, vraiment ? Je vous imagine bien tous deux chevauchant de conserve dans un grand lit de plumes !

Corentin se sentit rougir. (Il avait bien reconnu Clotilde.)

— L'apparence est trompeuse. C'est pour endormir la méfiance des monstres et des enchantements. En vérité, c'est mon maître d'armes que vous avez vu là. Un vieux bourru, sauvage à l'estoc, furieux de taille, et emporté du moulinet ! Par lui, j'ai tout appris de l'art des combats.

— La métamorphose est plaisante ! dit Iseut avec un sourire amer.

Et il paraissait bien qu'elle ne croyait pas un mot de cette fable.

— Allons voir, si vous le voulez bien ! proposa Corentin.

— Dans cette tenue ?

Corentin était toujours aussi sale et aussi nu. Il y avait du sang séché sur sa cuisse, là où le rat l'avait mordu.

Iseut s'amusa de son embarras. Elle prit Corentin par la main et le conduisit dans une salle chauffée d'un grand feu. Un baquet garni de toile fine attendait, tout fumant d'un bain brûlant. Iseut lava le corps de son invité. Elle le rinça avec un chaudron bouillant tiré de l'âtre, ravivant chez Corentin les brûlures de sa nuit d'effroi.

Puis elle vêtit le garçon de beaux habits de lin et de laine, chausses, cotte, bliaud*, de samit à orfrois*, de vair et de zibeline, cendal* et fourrure de cisemus*. Jamais varlet ne fut plus bellement affublé.

Pendant ce temps, une rumeur résonnait et grossissait dans les couloirs. Des cloches sonnaient dans toute la banlieue et tout l'alleu* du Château de l'Effroi. La liesse de tout un peuple s'entendit bientôt.

Iseut versa un parfum sur les cheveux de Corentin, après les lui avoir coupés bien court, en couronne autour de la tête.

— Vous voilà beau comme un roitelet ! se félicita Iseut. Serez-vous bientôt mon chevalier courtois et fidèle ? Ne voulez-vous point de moi comme amie douce et promise ?

Corentin préféra ne rien répondre. N'avait-il pas déjà donné sa parole ?... Et il était pressé, pour l'instant, de rejoindre le roi et la reine !

Dans le palais, des trompettes victorieuses saluèrent l'arrivée de Corentin. Les hérauts soufflaient avec des joues rondes et rouges comme des pommes. Sur les murs, de lourdes tapisseries retraçant des exploits glorieux vibraient en vaguelettes sous les courants d'air de la foule enthousiaste. Le roi leva les mains pour réclamer le silence.

Corentin s'avança, dans un murmure admiratif. On lâcha des colombes à son passage, on jeta des fleurs et des fougères sous ses pas.

Arrivé devant le perron où siégeaient leurs majestés, Corentin salua avec la plus grande courtoisie et déférence.

— Sire roi, je vous rends hommage !

Le Roi Contrit montra, d'un battement de paupières, sa parfaite satisfaction. Auprès de lui, ses chevaliers et ses barons opinèrent avec un murmure flatteur.

— Corentin, tu as délivré par ta bravoure et ta piété ce royaume du malheur. Vois ! Mon peuple est revenu de la prairie où la danse maléficiante le tenait en esclavage ! La joie de vivre est dans leurs yeux, et la mort les a quittés.

— *Vivat !* cria la foule. *Vincit ! regnat !* Tu as vaincu ! À toi le règne !

— J'aurais tant voulu que cette autre blessure vous abandonne aussi ! avoua tristement Corentin.

Le roi se tenait en effet à demi couché sur son trône, sa jambe malade étendue devant lui. Une coupe d'or fin recueillait les trois gouttes de sang qui s'en écoulaient avec la régularité d'une clepsydre (instrument qui sait mesurer le temps encore mieux qu'un sablier).

— Cette plaie n'est pas de ce monde, répondit le roi. Qui pourrait prétendre la guérir ?

Corentin se tut. Il regardait les blasons accrochés au-dessus du trône.

Le premier représentait une main et un sablier d'argent sur champ de sable héraldique*. Le deuxième, sur un même émail de sable noir, montrait en pal un dextrochère* enflammé. Sur le troisième écu, sept têtes de sinople brillaient comme des étoiles, à l'entour d'un cierge allumé.

Corentin songea aux sortilèges de la nuit passée. Il n'avait rien fait, rien tenté, sinon par l'esprit. Il avait voulu comprendre, mais n'avait rien compris ! Il aurait voulu combattre mais n'avait été qu'une victime impuissante et horrifiée ! Par quel injuste sortilège venait-on maintenant prétendre qu'il avait délivré le royaume ?

— Qui m'expliquera le sens de ces enchantements ? murmura-t-il.

Et la voix lointaine du Chevalier Dérouté répondit :

« *Rends hommage au Roi, fléchis le genou devant la Reine. Retrouve pour mon espérance le chemin du Royaume.* »

Corentin fit trois pas d'écart afin de se trouver devant la reine. Il mit le genou à terre.

La reine se nommait Iseut à la blanche face. Elle regarda Corentin avec un soudain intérêt.

— Joli garçon ! apprécia-t-elle.

Et elle se tourna vers sa fille, Iseut aux longues nattes, dont le visage aussitôt se figea.

— Qu'aimerais-tu en récompense de ta peine ? demanda la reine à Corentin. Voudrais-tu que je t'apprenne le luth et les chansons de geste si plaisantes à la veillée ?... Viens donc me trouver dans ma chambre aux cent courtines*... nous jouerons à la perdrix fuyant le goupil... je gage que tu sauras bien m'attraper dans ce labyrinthe !

À ce moment, un messager effaré vint annoncer que les Trois Chevaliers Maudits étaient de retour. Ils avaient soulevé le pays du gué malpassant, royaume de la terre gaste*, et une armée formidable marchait avec eux. Ils n'étaient plus qu'à quelques lieues du fief du Roi Contus, dont ils pensaient s'emparer sans coup férir.

— Aux armes, aux armes ! crièrent les chevaliers en tirant leur épée. Vite, mon coursier de bataille, mon grand cheval ! Mon heaume, mon armure, ma broigne*, mon bassinet* ! Mon fléau, ma masse d'arme !

Mais le roi voulut d'abord qu'on entendît la sainte messe et que le chapelain fût là pour bénir cavaliers et piétons. Tous durent se recueillir et prier pour que la mort les épargne, que leurs péchés leur soient remis et que l'au-delà les accueille dans le pardon, si tel était leur destin. Puis la rumeur de bataille renaquit et s'amplifia jusqu'au vacarme.

— Et moi donc ! s'énerva Corentin. Qui m'apportera mon palefroi et mes armes ? Je n'ai ni palefrenier ni valet. Tout est perdu !

— Venez avec moi, dit Iseut aux longues nattes. Je saurai vous distraire de ce combat perdu.

Mais alors un vieillard bourru s'avança, tenant par la bride un cheval invisible. Corentin reconnut sa selle et son harnachement de guerre.

— Voici le maître d'armes dont je vous ai parlé ! triompha Corentin.

— C'est pure magie ! répliqua Iseut. Où est allée cette pucelle qui disait combattre pour vous ? Toute la nuit, elle a coupé des têtes aux ennemis de l'âme qui ont assailli la tour où je vous tenais enfermé. N'avez-vous donc rien vu, rien entendu ?

Corentin se tut sur ce qu'il avait vécu au cours de la nuit. Et il ne dit rien non plus sur ce qui avait été en d'autres temps son enseignement et sa quête. Il prit les guides du coursier invisible et, avec l'aide du bretteur* qui portait au doigt l'anneau de Brocéliande, il monta en selle.

— Et cette fois, par saint Michel !, chausse comme il faut le gantelet de la force ! Il n'est plus temps de combattre à mains nues comme un freluquet plein d'orgueil, dit le vieil homme.

Avant de disparaître, il posa sur sa poitrine la main qui s'ornait pour lui du gantelet du cœur. Alors, maître et élève échangèrent un regard si plein de confiance, de connivence et de tendresse que la jeune Iseut s'en trouva bafouée hors de toute mesure. Elle alla en pleurant s'enfermer dans sa tour.

La bataille du Royaume Lésé

La bataille dura tout le jour. Les meilleurs chevaliers périrent et d'autres, qui n'étaient pas moins bons, y laissèrent la vie. Comme des loups se jetant sur l'agneau, ainsi les uns et les autres se jetaient-ils sur leurs ennemis. Boucliers fendus, heaumes déliés, mailles percées, toutes pièces dont on espérait sauvegarde furent rompues et jetées aux bourbiers de la plaine (il s'en trouve encore sous la charrue du laboureur, après tant de règnes et de siècles). Les corps des agonisants s'empilaient sur ceux des trépassés et, quand le soleil commença à tomber vers le couchant, il apparut que personne n'avait gagné l'assaut.

Dès le premier engagement, Corentin avait reconnu les Trois Maudits. Il s'était porté aussitôt vers eux, sachant trop que cent chevaliers pouvaient renaître du sang versé de ces créatures du démon. Il mena donc un étrange combat, tournoyant autour des félons afin d'empêcher quiconque de les approcher, de les blesser ou de prétendre les tuer.

En vérité, ce furent ses propres compagnons qu'il dut occire, quand ceux-ci s'opposèrent à ses objurgations.

— Laser ! Mille lasers ! invectivait Corentin. N'y touchez pas ! Ils sont à moi. Nous sommes perdus si leur sang vient à couler !

Mais les autres barons pensèrent que Corentin voulait capturer ces trois chevaliers pour les contraindre à payer rançon*.

Et ils se jetèrent dans la mêlée afin d'en profiter eux aussi.

Attaqué des deux flancs, Corentin se battit vaillamment. Son cheval invisible provoquait toujours un instant d'étonnement et de crainte chez les assaillants, et Corentin en profitait pour les fendre en deux pièces, du heaume à la selle ; et parfois, le cheval avec.

Quand arriva l'heure des vêpres*, Corentin se dressa sur ses étriers : la plaine était en plein tumulte et aucune ligne de combat ne reculait. De part et d'autre, de nouvelles vagues furieuses s'affrontaient.

— Il nous faut gagner sans attendre ! dit Corentin. Mais comment faire ? Qui pourrait arrêter le chemin du soleil ?

— Moi, je le peux, dit une voix.

C'était celle de Clotilde.

Corentin l'aperçut qui avançait en glissant au-dessus de l'herbe sanglante, sans craindre le désordre mortel qui l'entourait. Aucun pli de sa robe ne bougeait et pas même un souffle ne venait agiter le friselis de ses bouclettes.

— Voyons, ma mie, de grâce, quittez ces lieux ! s'épouvanta Corentin.

Mais aucun danger ne semblait menacer Clotilde, qui sauta en selle derrière Corentin. Sa main qui avait revêtu le gantelet du cœur se posa sur la main de Corentin qui portait le gantelet de la force. Une puissance nouvelle naquit de cette conjonction et, lorsque Clotilde éleva leurs deux mains unies vers le soleil, l'astre des jours s'arrêta dans sa course.

— C'est grande merveille ! dit Corentin.

Mais personne autour de lui ne semblait avoir remarqué le prodige. Pourtant, les Maudits de la lande s'aperçurent bientôt de leur défaite prochaine. Car la nuit tardait à venir, et c'était d'elle qu'ils tenaient leur force, alors que le peuple du Roi Lésé prenait sa vaillance dans la lumière.

Et bientôt, en effet, la déroute s'installa dans le camp des assaillants. Leurs coups se firent nonchalants, maladroits et alanguis. Le carnage redoubla, venant de ceux qui tenaient désormais le succès. Au milieu, se tenait Corentin, debout sur ses étriers et le poing du gantelet tendu vers le soleil.

Lorsque Corentin baissa le bras, la nuit arriva d'un coup, saluée par les trompettes de la victoire. Les Trois Maudits s'enfuirent avec les débris de leurs troupes. Corentin, porté en triomphe par les bannerets* de son camp, fut ramené au château pour y être fait chevalier.

Ce fut le roi qui adouba* Corentin. Il lui donna la colée*. On laça à ses poulaines des éperons d'or offerts par la reine.

— Sois un chevalier pacifique, vaillant, loyal et dévoué à Dieu, exhorta le roi. Sois fidèle à la parole donnée et généreux envers ceux qui te demanderont assistance et protection. Accorde miséricorde au vaincu qui réclame ta pitié. Ne sois ni trop bavard ni curieux. Sache porter secours aux demoiselles en détresse. Et entre souvent au moutier afin d'y prier comme il convient le Créateur de toutes choses.

Corentin rayonnait de bonheur. Cette fois, il était bel et bien chevalier ! Pour de bon !... Et il entendait garder dans sa mémoire et son cœur tous les détails de la cérémonie, afin de se les raconter plus tard en les savourant tranquillement. Dans la foule en liesse, se tenait Clotilde. Elle faisait de temps à autre un petit signe à Corentin. Mais il ne voyait plus rien ni personne.

Il y eut un grand festin, une belle ripaille de haute graisse. À la fin, le roi prit la parole :

— Corentin, mon fils, tu as délivré le royaume de ses tourments. Tu as su comprendre les signes et délier les enchantements. Ainsi les prophéties s'accompliront. Ma fille Iseut aux longues nattes, accepte-la pour épouse. La reine veillera sur toi, elle te trouve charmant. (*Rires dans l'assemblée.*) Quant à moi, il est temps que je cède la place et que mon trône soit relevé… Corentin, quitte cette salle ! Présente-toi à la porte. Fais-toi reconnaître. On t'ouvrira les portes et tu seras roi !

Des vivats saluèrent cette annonce qui devait marquer l'accomplissement de la prophétie.

Corentin, éberlué, quitta le palais sans attendre. Il s'engagea sur le pont-levis. Dans peu, il serait roi de ce royaume ! Il épouserait la princesse ! Elle serait sa reine !

Mais à l'autre bout du pont attendait Beautournoi, tout harnaché, à côté du grand loup gris de Bohort.

Le fier palefroi poussa un hennissement. Il ébroua sa crinière.

Alors Corentin comprit qu'il était *vraiment* chevalier. Son seul royaume était celui de l'aventure. Son destin d'*illustre fou*, c'était de rester dans l'errance. Il ne pouvait devenir un recréant*, chevalier ayant oublié et renoncé, chevalier couard fuyant le combat éternel. La Quête est sans fin. On ne l'avait envoyé à la porte que pour cette épreuve.

Corentin s'approcha donc de Beautournoi. Il lui flatta l'encolure, et ne lui reprocha rien de sa fuite. Il passa dans l'étrier sa poulaine à éperon d'or et, d'un solide coup de reins, se mit en selle.

Sur les tours du château, les neuf corneilles ricanaient.

— Dites au roi que je lui rends hommage, et que je donne salut à tous ceux qui m'ont si courtoisement accueilli ! leur cria Corentin. Mais je me dois d'aller vers un autre royaume, une autre reine, un autre roi !... Que tous veuillent me pardonner.

Il tourna bride et partit vers Avalon.

IX

LA FIN DES TEMPS AVENTUREUX

Qui saura dire l'histoire vraie de la fin des temps aventureux ?

Les provinces de ce conte ont leurs légendes diverses sur l'éloignement de Corentin de Perbanlieue, chevalier courtois et vaillant parmi les plus beaux, et dernier compagnon de la Table en ce pays.

D'aucuns avouent que la fée Clotilde tient le chevalier Corentin en enfermement dans son bel amour que nul d'eux ne veut rompre. D'autres médisent que le damoiseau ne peut aller à son gré, car il est prisonnier de la féerie. Et bonnes femmes de prétendre encore que c'est lui qui se refuse à quitter la cheminée de son château, trop heureux de laisser Clotilde tenir la maisonnée, soit par magie soit par labeur ! En vérité, qui saura dire ce qui n'est pas menterie ?

Contons ici ce qu'il advint de Corentin dans les derniers temps de son errance, avant que sa trace ne soit perdue dans un autre monde bien éloigné de celui-ci, à ce qu'on dit.

Corentin avait quitté le Château de l'Effroi pour chevaucher vers Avalon. Il rêvait d'arriver à l'Île des Pommiers par une aube brumeuse. Le tombeau lui apparaîtrait soudain. Le monde alentour serait de grande douceur et beauté, des oiseaux calmes viendraient se poser sur la surface apaisée des eaux, et le soleil dans le brouillard aurait la tiédeur souriante d'une belle journée qui s'annonce... Alors, Corentin irait se présenter au bon roi Arthur de Bretagne, il l'éveillerait de sa dormition et, à son côté, entreprendrait la restauration du royaume.

Mais ce rêve — qui fut celui de tant de bons chevaliers — tardait à s'accomplir. Corentin chevauchait dans l'errance, tenant en croupe Clotilde la jolie fée. Et le chemin d'Avalon semblait perdu. Aucun des manants rencontrés n'avait jamais su indiquer une direction qui ne fût autre chose que le sentier menant à une nouvelle épreuve, un nouvel enchantement, une autre aventure.

Et parmi les dernières énigmes, Corentin avait combattu la Manticore, couleur de sang, bête la plus cruelle qui soit. Elle possède figure humaine mais corps de lion et queue venimeuse de scorpion. Chacune de ses mâchoires est pourvue d'une triple rangée de dents. C'est l'animal le plus rapide de la terre. Malheur au chevalier qui ne sent pas la terre frémir à son approche ! Qui ne voit pas la poussière de sa fureur bourgeonner au lointain ! Avant même de tirer l'épée, le voilà mort, tout dévoré !

Clotilde avait fait surgir d'un terrier le Léontophonos, le plus minuscule des rongeurs de la terre, seul capable de terroriser la Manticore et de la tuer, par la seule odeur de son urine. Ainsi, dans l'instant de frayeur de la chimère, Corentin avait pu lui trancher la tête.

— Douce amie, explique-moi, je t'en prie, le sens des enchantements ! demandait Corentin dès qu'ils reprenaient la route.

Et tandis que Clotilde révélait le sens caché des mystères, Beautournoi agitait sa crinière avec satisfaction, et le loup gris plissait les yeux comme s'il comprenait tout.

— Les peurs qui sont en toi prennent chair avec la nuit, disait Clotilde, et tu dois les affronter pour qu'elles reculent, se soumettent et t'abandonnent. Ce combat est infini, car les maléfices renaissent sans cesse de la mort définitive que tu croyais leur infliger.

— Ainsi donc, s'étonnait Corentin, ces épreuves sont inutiles ? Je me bats en pure perte ?

— Pas le moins du monde, beau chevalier ! C'est ainsi qu'il te faut devenir, ne craignant ni la vie ni la mort. Ton destin est d'avancer, car tu ne pourras jamais revenir vers ce que tu as quitté. Et tu seras dans l'errance jusqu'à la nuit des temps, dans l'espérance d'un royaume éternel.

— Est-ce là le Royaume ?... Je ne suis sûr de rien. Je doute de tout.

— C'est ainsi qu'est l'espérance, Corentin ! La volonté d'oser croire en ce Royaume dont nul n'a jamais pu prouver qu'il existe. Ou n'existe pas. C'est pareil... Il faut marcher !

Alors, ils marchèrent. Corentin savait depuis longtemps que les chevaliers sont des voyageurs dont l'errance n'aura jamais de fin, car ce qu'ils ont à atteindre se situe toujours dans le pays où l'on n'arrive jamais. (Qui donc avait bien pu le lui dire, avant qu'il ne commence seulement à le comprendre ?)

Au Castel Efflanqué, Corentin fut enfermé par engin* et maléfice au plus creux d'une basse-fosse peuplée de rats. Il ne put faire alliance avec ce peuple des ténèbres car, cette fois, aucune chance ne lui fut donnée comme jadis au Château de l'Effroi. Les épreuves qu'il eut à affronter dans ce labyrinthe obscur lui firent tomber une à une toutes les dents de la bouche. Chaque fois qu'il prononçait une parole, pour se plaindre, pour conjurer le sort ou clamer sa douleur, une dent se décrochait de la mâchoire du chevalier Corentin, et les rats se battaient autour de lui pour emporter la dent dans leur trésor. (Un marchand nommé Nestor prétend avoir acquis certaines de ces précieuses reliques supposées donner de la clarté aux esprits obscurs.) Corentin dut ainsi cracher sur le sol toutes ses dents une à une et, quand il eut surmonté les épreuves et ruiné les enchantements, il ressortit dans la lumière, où on l'appela pour un temps le Chevalier Édenté ou Corentin Mâchevent.

Puis d'autres dents poussèrent et d'autres chemins furent parcourus. Le loup de Bohort chassait pour Corentin la *pitance héroïque*, et Corentin apprit à parler le langage des loups.

Dans la Lande Morbide, Corentin vit un jour sa propre tête tomber de son corps et se sauver parmi les buis et les myrtes. Un vent sans pitié emporta le chef du chevalier, et la terreur le conduisit aux frontières de la folie. Connu en ce temps sous le nom de Corentin le Décollé ou Chevalier Saint-Denis*, notre héros ne put par sa seule vaillance se tirer de ce malpertuis*. Clotilde lui tailla donc à ses mesures une baguette à la magie certaine dont la puissance fit merveille. Cent mille aventures entraînèrent alors le chevalier à la poursuite de sa tête affolée qui roulait devant lui. Il parcourut tous les royaumes de petite et de grande Bretagne, de Logres en Orcanie, de Cornouailles en Carmelide, de Norgales en Escossie, de Gaunes en Benoïc. Et même, certains le prétendent, il déambula jusqu'aux mondes lointains des terres sarrazines, pays des Maures et des Mahométans. Sans rien dire du Pays des Glaces et de celui de la Fin des Terres, qui sont au nord, et dont une seule nuit peut durer la moitié d'une année tout entière, que Notre Seigneur nous ait en Sa Sainte Garde !

Quand la tête fut vaincue et recollée à son corps, Corentin remit à Clotilde la baguette féerique qu'elle lui avait donnée. Ce jonc de coudrier aurait certes pu raconter de belles aventures, tant il en avait vécu et des plus merveilleuses, mais Corentin en avait aussi usé et mésusé, ce qui le contraignit à se faire moine en terre Burgonde, pour le prix de ses péchés (dont il ne sera pas rendu compte ici). Pendant sept années, Corentin abattit les forêts et planta des vignes, il pria pour le salut de son âme et, quand la peine fut accomplie en labeur et humilité, il reprit son cheval et ses armes, il retrouva le chemin de l'errance.

L'Île des Pommiers

C'était la vigile de Pentecôte. Corentin se présenta à l'orée d'un bois qui bordait un lac. Le ciel était bleu, l'eau était grise, des brumes couraient sur le sol, entre bouleaux et fougères. Et du brouillard se mouvait à la surface du lac, au-dessus des vaguelettes frissonnantes. Corentin songea avec tristesse à Clotilde, la Demoiselle au gantelet qu'il avait perdue depuis belle lurette, sans même savoir où, en quel pays ni en quel temps. Beautournoi blanchissait et le loup gris courbait l'échine en tirant une langue de plus en plus longue. Corentin pensa qu'il valait mieux ne pas contempler son image dans la surface de ce lac.

Il ne s'approcha pas du rivage et avança dans l'ombre du bois. Il longea la berge, jusqu'à trouver un autre chemin, une nouvelle épreuve. Alors, tout soudainement, la brume s'éleva et un soleil éclatant perça les nuées. Corentin crut voir la lumière du Graal, les mille flèches de sainte lumière qui rayonnaient du vase énigmatique et sacré !

— Suis-je à Corbenic* ? s'étonna Corentin. Est-ce ici le pays de Pellés, fils de Pellehan, qu'on dit le Roi Mehaignié, celui qui tient en son Palais Aventureux le service du Graal ?... Toucherais-je enfin au but, sans l'avoir vraiment cherché ni mérité ?

Mais ce que cherchait Corentin, ce n'était pas le Graal, c'était le tombeau du roi Arthur. Et quand un nuage plus sombre éteignit la gloire de lumière, ce n'est pas le Château du Graal de Corbenic qui apparut à Corentin mais l'Île des Pommiers.

— Avalon ! s'écria Corentin en se dressant sur ses étriers avec une joie défaillante. Je suis en Avalon ! Dieu soit béni !... Doux pays d'Avalon !

Et il continua à s'approcher du tombeau d'Arthur, en cherchant une passe pour se rendre sur l'Île. Mais il n'y avait pas de gué, ni d'isthme, ni de passerelle.

Alors, Corentin descendit de cheval. Il se désaffubla* et entra dans l'eau. S'il fallait nager jusqu'à cette île, il nagerait !

Mais aussitôt une tempête s'éleva. D'écumantes vagues noires se dressèrent, plus hautes que les plus grands chênes de la forêt. Des poissons livides montèrent des abîmes, leurs dents brillaient acérées comme la pointe des plus belles épées. Un vol de corneilles noires comme l'encre s'abattit en criaillant et jacassant aux oreilles de Corentin, cherchant à arracher ses cheveux, à crever ses yeux.

Corentin ne se servit de sa vaillance que pour rejoindre la rive. Dès qu'il eut repris pied sur terre, la tempête cessa. Les poissons regagnèrent la profondeur des eaux et les oiseaux l'infini du ciel. Corentin s'assit sur un talus, contemplant ce qu'il pensait être un tombeau de marbre, d'or, d'ivoire et de jais, mais qui n'était peut-être que le jeu des lumières du ciel et de l'eau à travers les arbres bercés par le vent.

« Les forces de la nature sont plus fortes que tout, songea-t-il avec patience. Je peux tenter de les affronter mais elles me briseront quand elles voudront. Je puis aussi les fuir ; mais, ici, je ne fuirai pas davantage ! »

Il resta donc sur son talus, nu comme un ver et tout grelottant.

Mais bientôt une barque arriva, poussée à la perche par une silhouette sans visage vêtue d'un grand capuchon noir.

— Est-ce toi, Chevalier Dérouté ? demanda Corentin, pour qui tous les êtres sans visage étaient désormais susceptibles de masquer celui qui l'avait envoyé sur la Voie des enchantements.

Il n'y eut pas de réponse. D'un geste, la silhouette encapuchonnée invita Corentin à monter dans la barque. Une main décharnée se tendit devant Corentin afin de demander l'obole, prix de la traversée.

— Hélas ! je n'ai rien, avoua Corentin. Chevalier vagabond je suis ! Sans feu ni lieu. Les richesses de ce monde s'accumulent ailleurs que dans mon escarcelle ! Je n'ai que ma vie à offrir. La voulez-vous ?

Le nocher fit non avec la tête qu'il n'avait pas.

— Je propose ma force, mon courage. Je peux fendre du bois ou pourfendre un dragon ?

Ce fut non à nouveau.

— Mes armes, mon palefroi couleur d'acier, ce loup qui m'accompagne, mais dont je ne suis pas certain, à vrai dire, qu'il soit tout à fait ma propriété ?... Non, encore ! Alors, il ne me reste à proposer que les histoires de mes aventures. Voulez-vous que j'en conte quelqu'une pour payer mon voyage ?

Cette fois, l'ombre accepta avec un hochement de vive satisfaction. Car, en ces temps anciens, l'ennui était constant dès que la guerre et la chasse étaient finies. Les manants, au moins, avaient les travaux des champs ou de l'échoppe pour s'occuper ! Mais les beaux seigneurs, les nobles chevaliers, confinés dans leurs châteaux, eh bien, ils étaient fort désœuvrés et désolés dès qu'ils n'avaient plus rien à tuer... sauf le temps ! Et c'est pourquoi les bateleurs, les trouvères et les musiciens étaient toujours si bien accueillis quand ils frappaient à la porte des castels.

Corentin s'embarqua donc avec des mots plein la bouche. Et cette fois, il ne craignait plus d'en perdre ses dents. Le passeur se montra attentif et passionné, ce que Corentin remarqua à la lenteur avec laquelle il faisait aller et venir sa perche. Le nautonier freinait l'allure autant qu'il le pouvait, afin de prolonger le charme des histoires que lui contait le chevalier.

Et c'est de ce jour, soyez certains, que naquit la légende disant que Corentin de Perbanlieue a renoncé aux armes pour se faire trouveur de nouvelles, jongleur de mots, diseur de fables, écriveur de contes. Il y en a qui veulent croire à ses récits et d'autres qui les tiennent pour romans, mais les seconds n'y sont pas moins attentifs que les premiers.

La barque prit un chemin contourné qui lui fit longer le lac et virer autour de l'île avant de venir s'échouer sur une grève. Corentin sauta sur les marches d'un escalier qui montait vers un sommet boisé. Il fut bientôt seul dans le verger sauvage d'Avalon. Les pommiers ancestraux s'enchevêtraient comme des corps blessés aux bras souffreteux. Les chevelures de feuilles s'emmêlaient. Corentin avança bientôt sur un sol couvert de pommes immatures, ou idéalement mûres, ou bien blettes, ou gâtées. Plusieurs saisons de fruits roulaient ou s'écrasaient sous ses pas. L'air embaumait la pomme fraîche, ou empestait la pulpe pourrie. Il y avait des parfums de compote, de tarte, de cidre, de marc. Aux temps anciens, la pomme fut le fruit sacré des druides dont Merlin, maître des enchantements, fut le dernier. Et Arthur, noble roi et fidèle compagnon, attendait l'instant de l'éveil dans les parfums de ce fruit des Gaules qui donne sagesse, bonheur et virilité.

Corentin arriva au sommet du tumulus. Il n'y avait pas de mausolée de marbre et d'or, mais une modeste chapelle de grosses pierres assemblées. Par le toit crevé, un rayon de soleil éclairait l'intérieur d'une lumière qui elle, au moins, était d'or et de marbre.

Corentin entra, terriblement ému, paupières closes sur sa foi et son inquiétude.

— Messire Arthur, ô mon Roi, je vous rends hommage, en chevalier lige* et féal. Le temps est venu de restaurer le Royaume et la Table. Et je vous prie benoîtement et fermement de quitter ce trop long sommeil, afin de repartir en aventures ou d'ordonner celles qu'il vous plaira.

Disant cela, Corentin s'agenouilla devant le sarcophage royal.

Nulle parole ne lui répondit. Il n'entendit même pas le léger ronflement auquel il aurait pu s'attendre. Il osa ouvrir les yeux.

Alors, il ne vit qu'une cuve de pierre dont la dalle fendue était tirée sur le côté. Il ne vit qu'un cercueil vide au couvercle brisé.

— Malédiction ! s'écria Corentin en se relevant. Arthur n'est plus !... ou son tombeau n'est pas ici !... Suis-je vraiment en Avalon ? Ce verger de pommiers est-il bien l'Île aux Pommes que je cherchais ?... Suis-je prisonnier d'un nouvel enchantement ?

À ce moment, un cor d'ivoire et de jais résonna dans les profondeurs de la forêt. Des chiens de meute aboyèrent, une voix cria, on entendit un renâclement de cheval, un bruit d'armes et de sabots, le fracas des taillis et des branches. Corentin quitta la chapelle en courant.

Dans le milieu du lac, il aperçut la haute ramure d'un cerf magnifique qui traversait à la nage. Sur la rive, des mâtins sortirent du fourré, poursuivant la bête. Le chasseur arriva à son tour, invectivant sa meute. Les chiens se jetèrent à l'eau, mais l'eau du lac se souleva sans attendre, menaçant de tout engloutir. Le cerf, à l'autre bord, avait déjà quitté l'eau. Son pelage était blanc et suave comme fourrure d'hermine. C'était un vingt-cors d'une stature majestueuse et sauvage, il était le plus fort et plus haut qu'on vit jamais.

— Sauve-toi ! cria Corentin. Ne reste pas là !

Mais le cerf blanc s'était arrêté. Il regardait venir les chiens qui avaient regagné la rive et qui semblaient ne pas le voir. Ils cherchaient sa trace en reniflant. Prenant le trot, puis le petit galop, le cerf se dirigea vers les chiens. Soudain, il chargea.

Corentin assista alors au retournement du merveilleux. Les chiens s'enfuirent avec le cerf lancé à leur poursuite. Le cheval du chasseur, sur le point d'être rejoint, tourna bride à son tour pour s'enfoncer dans le bois.

Et Corentin vit ondoyer dans le vent la barbe blanche du roi Arthur, et dans la lumière flamboyer sa couronne.

— Majesté ! hurla-t-il aux échos du lac. Votre Majesté, attendez ! C'est moi, Corentin !

Mais la chasse du roi Arthur avait disparu dans le sous-bois.

Corentin dévala la colline, il sauta dans la barque.

— Vite ! cria-t-il au passeur du lac. Il faut que je les attrape !

Mais le marinier se moquait bien des jouvenceaux qui prétendent rejoindre la chasse au cerf blanc du roi Arthur ! Une chasse éternelle qui durera jusqu'à la fin des temps et qui, comme le soleil dans sa course, se voit tour à tour partir et revenir, monter et descendre, faire fuir la nuit et être vaincu par elle. Ce que le passeur voulait, c'était *son* histoire.

Et Corentin dut raconter une autre de ses aventures, et la traversée fut aussi longue qu'à l'aller, si ce n'est davantage. Le cerf blanc revint sur la berge, poursuivi à nouveau, car le sens du merveilleux s'était retourné encore. La nuit venait déjà, la lune montait dans le ciel, le soleil était encore haut. Loin vers l'autre bout du lac, la chasse-galerie* passa encore, puis une autre fois, minuscule, sur le haut des collines. Le cerf blanc n'était plus qu'une ombre noire poursuivie par les ombres noires du roi Arthur et de ses chiens courants qui hurlaient à la lune.

Et Corentin songea avec amertume qu'on ne peut en même temps raconter les histoires et les vivre.

Il arriva sur la grève, il remit ses vêtements, enfourcha son cheval et repartit par monts et par vaux, portant ses armes et son écu.

Le lac d'Excalibur

Par les landes et les tourbières, Corentin parvint au pays de Salesbières. En ces lieux, Arthur avait livré sa dernière bataille contre Mordred le félon, et Arthur y fut navré à mort. Corentin chercha le champ de bataille, mais les siècles avaient effacé les tombes des morts et les souvenirs des vivants.

Il devait y avoir un lac où Girflet, fils de Do, avait jeté la fière épée royale qu'on nommait Excalibur. La première fois, Girflet avait fait croire au roi agonisant que l'épée était bien au fond du lac.

— Et qu'as-tu vu ? avait demandé Arthur.

— Ma foi, rien qu'un éclaboussement, et la lueur argentée de la belle lame coulant au fond des eaux !

— Retourne au lac, et jette cette épée comme je t'ai dit ! commanda le roi.

Girflet retourna au lac. Ne pouvant se résoudre à perdre à jamais la merveilleuse Excalibur, le chevalier se contenta de lancer au lac le fourreau de l'épée.

— Et que s'est-il passé alors ? demanda le roi.

— Rien qui vaille un conte, dit Girflet.

Arthur, qui s'en allait mourant, supplia son chevalier de faire ce qu'il avait dit. Girflet retourna. Et cette fois, comme il convient d'honorer la requête d'un trépassé, Girflet lança l'épée très haut vers le milieu du lac. Il voulait qu'elle s'enfonce au plus profond. À cet instant, une main était sortie des eaux, un bras s'était levé pour prendre Excalibur par sa poignée et la dresser une dernière fois dans le soleil avant de l'engloutir à jamais dans les eaux ténébreuses.

— Si seulement je pouvais retrouver cette épée et la tenir en main, ne serait-ce qu'un instant, s'attristait Corentin, ma quête n'aurait pas été menée en vain...

Je pourrais me prévaloir d'Excalibur pour nommer mes aventures. À celui qui m'écouterait, j'aurais droit de dire : « Ce sont contes d'Excalibur ! » Mais tout se refuse.

Et il baissa la tête, terriblement découragé. Et s'il avait pu se voir en cet instant, il aurait trouvé devant lui un homme qui n'était autre que le Chevalier Dérouté, celui qu'il était devenu lui-même au long des errances énigmatiques de la Quête infinie.

Beautournoi emmena Corentin. Et le loup gris montrait le chemin. Ils s'arrêtèrent au bord d'un lac. Un bloc de marbre couleur de sang flottait sur les eaux. Une jeune fille était assise sous un chêne, elle filait de ses doigts agiles. Corentin retrouva le sourire, car il était certain qu'un nouvel enchantement s'apprêtait. Il salua courtoisement.

— Demoiselle, je vous prie, dites-moi, comment cette pierre si lourde parvient-elle à dériver comme un fétu, un esquif caressé par la brise ?

— La foi ne peut-elle soulever des montagnes ?

— On le dit.

— Et ce marbre n'est pas une montagne, que je sache !

— Mais cela n'explique rien…

— Crois-tu que tout soit explicable, bel insolent ?

— Sans doute !

— Dans ce cas, explique !

— Mais… heu… c'est absurde. C'est à vous de m'expliquer !

— Nenni ! Qui prétend cela ?

— Mais, moi, Corentin de Perbanlieue ! Sinon, à quoi servez-vous ?

— Je file la laine. Brins longs, brins courts… ainsi sont les destins des humains !

Ayant dit cela, la demoiselle se leva et marcha sur les eaux. Elle posa bientôt les pieds sur le marbre vermeil. Alors, un bras sortit du lac, une main tendit l'épée. Toute la lumière des cieux vint embraser la lame qui miroita comme pur diamant.

— Excalibur ! s'écria Corentin en tombant à genoux. Excalibur !

L'épée vola dans les airs. Elle pirouetta avant de retomber dans le marbre, où elle se ficha jusqu'au demi de sa lame.

— À toi de jouer, si tu le veux ! dit la fileuse en faisant signe à Corentin d'approcher.

— Moi ?... Mais qu'est-ce que je dois faire ?

— N'est-il pas niaiseux, celui-là ?! Ne rêvais-tu pas de te saisir de l'arme du preux parmi les preux, du prince des temps anciens ?

— C'est bien Excalibur, au moins ?

— Hum... ou peut-être Chastiefol, l'autre épée d'Arthur, moins célèbre mais tout aussi valeureuse ! Évidemment, comme tous les autres, tu ne veux qu'Excalibur... mais il sera assez temps d'en discuter quand tu te seras emparé de l'épée. Alors, tu te décides ?

Corentin n'avait encore jamais marché sur les eaux. Il hésita. La demoiselle poussa un soupir découragé.

— Notre Seigneur, marchant sur les eaux du lac de Génésareth, n'a-t-il pas dit à son disciple Pierre : « Homme de peu de foi, pourquoi as-tu douté ? »

Elle tendit dans le vent sa robe de ciel et de brume, et le vent gonfla sa robe comme une voile. Le bloc de marbre vint s'échouer comme une barque. La jeune fille sauta à terre. Corentin s'approcha. Son cœur battait fort. Il se sentait plus proche que jamais du but inatteignable.

— Eh bien, vas-y !... Je n'ai pas que ça à faire ! encouragea la demoiselle en reprenant sa quenouille.

Corentin avança une main craintive. Une chaleur lumineuse irradiait de l'épée.

— Si tu sors cette lame du marbre où elle est prisonnière, c'est que tu es digne ! dit la demoiselle tout en filant la laine sans paraître se soucier beaucoup du chevalier et de son épreuve.

Corentin prit alors fermement la poignée de l'épée et, de toutes ses forces, il la tira vers le ciel, il la libéra du marbre couleur de sang.

Mais il accomplit cet exploit en poussant un cri de douleur immense. Beautournoi fit un écart en hennissant, et le loup gris détala tête et queue basses, avant de revenir craintivement.

Corentin avait lâché l'épée dont la lame tournoyante jeta mille feux comme autant de joyaux. Le bras enchanté brisa à nouveau la surface du lac et la main se tendit pour attraper l'arme légendaire. Brandissant une dernière fois l'épée, la main disparut dans l'eau profonde.

Corentin tenait sa main droite ouverte en étoile, soutenant son poignet avec sa main gauche.

— J'ai sorti l'épée ! Je l'ai sortie du marbre ! Et elle m'a échappé... ce n'est pas de jeu !... elle brûle comme l'enfer !

La demoiselle abandonna son ouvrage. Elle s'approcha de Corentin.

— Tant d'autres en furent réduits en cendres, tu n'as pas lieu de te plaindre ! dit-elle en pansant avec de la laine la blessure de Corentin.

— Mais j'ai sorti la lame !

— Bien peu y sont parvenus, Corentin. C'est le signe que tu peux devenir bon chevalier, et courtois, fin guerrier et fidèle amant.

— La poignée m'a échappé... je n'ai pu la retenir !

— Seul le pourrait le meilleur des chevaliers, au cœur pur et généreux, le plus dénué de péchés qui soit au monde... Ce chevalier existe-t-il ?

— Mais tu m'as dit, tout à l'heure, que si je sortais la lame, je serais digne ?

— Tu es digne !

Corentin regarda avec mauvaise humeur la Demoiselle à la quenouille.

— Ah ouais ! Et de quoi, s'il te plaît ?

— Tu es digne... de continuer la Quête... poursuivre ton chemin d'aventures... marcher longtemps encore sur la Voie des enchantements.

Corentin baissa le nez. Sa main le cuisait. Il regarda sa paume, ouverte devant lui, écartelée par la douleur.

— Continuer ?... Oui, je dois continuer, dit-il en se remettant en selle.

Il salua la demoiselle, s'éloigna un peu vers le couchant puis se retourna pour demander :

— Au moins, dis-moi, par merci, était-ce bien Excalibur ?... Suis-je loin du Graal ?

La jeune fille le regarda avec un joli sourire, mais ses yeux étaient noyés de tristesse.

— Qui peut dire ce qu'est le Graal ?... Qui sait où demeure Excalibur ?... Y a-t-il encore un Royaume ?

Corentin hocha la tête : on lui avait déjà posé de semblables questions. Il tourna bride, donnant de l'éperon dans les flancs de Beautournoi.

Retour à Camaalot

Corentin et son équipage revinrent un jour au Château de la Table. Ils franchirent la poterne et entrèrent dans le palais.

Bohort gisait mort près du feu éteint.

Corentin s'agenouilla et pleura des larmes chaudes.

— Mon doux parrain, chevalier parmi les meilleurs, vous qui avez vu le Graal et siégé à la Table, je viens vous demander pardon d'avoir échoué... Me voici pourtant chevalier, mais le Royaume semble à jamais dévasté, le monde n'est que bruit et fureur, le désordre règne en maître sur toutes choses et je reste captif des enchantements car leur sens m'est étranger. Que puis-je faire ?

Pendant sept jours et sept nuits, Corentin pleura la mort de Bohort, il pria à son côté. Puis il descella les dalles de la chapelle et creusa une crypte. Il enterra le corps du chevalier dans son armure, il lui fit les honneurs de nobles et belles funérailles autant qu'il le pouvait. Quand il eut rescellé la dernière dalle, une voix s'éleva près de lui.

— Ce que tu as fait n'est pas le Mal, Corentin, même si le Bien est encore à chercher sur une longue route.

C'était le loup gris qui parlait ainsi.

— Merlin connaissait le langage des animaux, il avait le don de prophétie et peut-être celui de métamorphose, constata Corentin. Ne serais-tu pas Merlin, sous les apparences d'un loup ?

En réponse, le loup se mit à s'allonger, à grossir, à changer son poil en peau. Il se redressa, se releva, et fut bientôt un bel homme planté sur ses deux jambes. Une armure magnifique l'habilla, un heaume orné des plus beaux plumages masquait son visage.

— Je suis désormais le Chevalier de la Haute Garde. La mission de Bohort doit se perpétuer et grâce à toi, Corentin, elle le pourra. Ta vaillance et ton désir ont redonné au Royaume la force de reverdir. C'est peu de chose, crois-tu, mais c'est grande merveille en vérité !… J'ai veillé sur toi sans excès ni manie. Je me suis fait discret autant qu'on peut. J'ai attendu quand il fallait attendre, je t'ai montré le chemin sans contrepartie, j'ai chassé pour toi la nourriture du héros… Je t'aurais défendu jusqu'à la mort si tu n'avais su le faire toi-même, et il y a en tout cela bien des leçons à méditer. Ce que tu as fait, Corentin, n'était pas rien ! Grâce à ta force et ta volonté d'agir, je peux devenir à mon tour le Gardien de la Table. Que grâces t'en soient rendues !

Ayant dit cela, le Chevalier de la Haute Garde conduisit Corentin jusqu'au palais de la Table. Il fit jouer les mécanismes secrets, des chaînes s'enroulèrent dans les profondeurs du château et les portes monumentales s'ouvrirent à nouveau. Cent bras agitaient des encensoirs chargés de parfums et des voix angéliques chantaient des hymnes d'espérance. Corentin eut le cœur joyeux de constater la permanence de la Table rénovée. La poussière des siècles avait reculé.

Et la joie de Corentin redoubla quand il aperçut, dans le dernier rayon d'or, juste avant que la porte ne se referme, le nom de *Corentin de Perbanlieue* gravé au dossier d'un des sièges de pierre.

— Au jour dit, tu auras ta place, confirma le Chevalier de la Haute Garde… Mais ce jour n'est pas venu.

— Que dois-je faire ? demanda Corentin, le cœur empli d'une force nouvelle. Où dois-je aller ?

— Ta mission n'a pas changé, Corentin : suis la Voie des enchantements ! Elle te conduira loin de ces terres et de ce pays, mais ton cœur doit rester le même, vif et généreux.

Alors, en ces temps où la légende se confondait avec l'histoire, Corentin reprit le chemin de l'errance. Jamais il ne serait recréant*. Sous la pluie, dans le vent, il marcha. Au soleil et sous le gel.

Un jour, il se présenta devant Camaalot.

Le beau castel avait retrouvé sa prestance. La pierre en était blanche et bleue l'ardoise des toits. Des oriflammes d'allégresse et de magnificence ondulaient dans le vent paisible du soir. Une carole joyeuse se tenait dans un pré verdelet tout émaillé de fleurs. Corentin entendit des voix :

— Et Arthur, notre bon roi, reviendra-t-il ?

— Il est à la chasse !... À la chasse au cerf blanc !... Sous peu, il sera près de nous.

— Quel bonheur, vraiment ! Que nos chevaliers reviennent et qu'ils nous content leurs exploits ! Que jamais plus ne règnent en ces murs la tristesse et la désolation !

Corentin regardait du haut de la colline. Il aperçut un peuple heureux et de belles moissons qui se préparaient. Il fit aller son cheval.

Au détour du chemin, trois compagnons travaillaient à leur façon, furetant dans les pierres et les broussailles, et pourchassant les corneilles. Voyant arriver ce chevalier, ils ôtèrent leurs bonnets.

— Corentin ! mais te voilà chevalier pour de bon ! s'écria Mauplantu en venant tripoter les éperons d'or du cavalier.

— C'est ma foi vrai, dit Gravillon. Pour un peu, on ne t'aurait pas reconnu !

— Heureusement, ton écu de neige et de sang nous a dit qui tu étais ! précisa Lahure.

Corentin salua avec joie ces anciens compagnons de sa première aventure.

— Est-ce ma parole qui aurait rebâti Camaalot ? demanda-t-il ensuite avec amusement.

— Chut ! Tu vas faire tomber des pierres ! s'exclamèrent en même temps le bossu, le géant et le bigleux.

Mais aucune pierre ne broncha. Corentin dressa son épée vers le ciel, en criant :

— Camaalot ! Camaalot ! Camaalot !

Alors le château parut s'élever dans les airs, ses murailles et ses tours s'allongèrent et se multiplièrent, des ornements de marbre et d'or, de jais et d'ivoire vinrent tout embellir. Ce château fut le plus merveilleusement beau qui existât jamais.

— Depuis ton passage sur cette terre gaste, les choses se sont bien arrangées, expliqua Mauplantu.

— C'est comme si ta parole lointaine avait recollé les pierres du château, dit en écho Gravillon. La parole que tu tenais dans ton cœur !

— Chacune de tes aventures nous a redonné la vie, confirma Lahure. Vois, les paroles de tes contes ont restauré le Royaume !

Corentin, debout sur ses étriers, contemplait le pays.

« Aurais-je rempli ma mission ? » se demanda-t-il avec autant de fierté que d'inquiétude.

À ce moment, Beautournoi s'abattit sur le sol.

C'était un vieux cheval ayant couru trop d'aventures. Il rendit son dernier souffle au plus beau soir du pays de Camaalot, quand le Royaume reverdissait. Ce fut la dernière chevauchée du vaillant palefroi.

Corentin pleura ce compagnon plus que tout. Il le fit enterrer debout, comme dans l'usage ancien des guerriers d'autrefois. Puis il brisa son écu, démailla son haubert et fendit son heaume. Il jeta ses éperons. Et quand il voulut briser sur le perron sa fière épée Sandragon, elle s'enfonça dans la pierre et la roche, pour demeurer au secret de la terre jusqu'à ce qu'un continuateur du Graal vienne l'en dénicher. (Mais ceci, bien sûr, est une autre histoire !)

Les trois compagnons tenaient Corentin pour fou, aveuglé de douleur.

— Le pays où je dois aller n'a nulle croyance en chevalerie, expliqua Corentin. Aussi, je laisse à la terre de ce Royaume ces armes qui seraient de peu d'utilité dans l'Outre Monde.

Ayant prononcé ces mots et dit adieu, il marcha vers la Forêt d'Oubli.

À la lisière, attendait une demoiselle en robe de ciel et de pluie.

Elle tendit la main, disant :

— Corentin, il faut continuer la route.

— Oui, Clotilde, le Monde d'Ailleurs attend notre retour.

Et ils se prirent tous deux par la main en s'enfonçant dans les bois noirs de la Forêt d'Oubli.

On dit que Clotilde la fée a mené Corentin de Perbanlieue loin dans les pays d'Outre Monde mais qu'un jour, sans nul doute, ils reviendront. Il appartient à qui le veut de continuer ce conte.

La brûlure de la Vie

Par un soir d'automne, Clotilde et Corentin sortirent du petit bois qui se trouve au-delà de la voie de chemin de fer, non loin de la gare du R.E.R. Le ciel était noir, avec une dernière lueur orange et bleue à l'horizon du couchant. Bientôt, il n'y aurait plus que les lumières de la banlieue pour éclairer la nuit.

— Qu'est-ce que je suis en retard ! s'inquiéta Corentin. Tatie Jeanne va être furieuse !

Clotilde resserra le cordon du sac à dos fluo. Elle ne voulait pas perdre l'échiquier électronique qu'elle avait gagné au grand jeu-concours du supermarché.

— On se voit demain ?... Une belle journée ?

— Tu parles !... j'ai contrôle de maths, râla Corentin.

— Révise un peu avant de dormir ! conseilla Clotilde en s'enfuyant vers sa maison.

Corentin remonta jusque chez lui. Il se sentait plus fort sans comprendre pourquoi. En arrivant devant la porte, il s'arrêta devant le rectangle de lumière jaune, tout ému d'inquiétude et d'espérance face à cette nouvelle aventure qui l'attendait, et qui s'appelait tout simplement... *la vie*.

Et surtout, il se demandait comment expliquer cette étrange brûlure, en étoile au creux de sa main.

LEXIQUE

DES MOTS SIGNALÉS PAR UN ASTÉRISQUE

Adouber : armer chevalier, faire chevalier, par l'*adoubement*. Seul un chevalier pouvait adouber un autre chevalier. La cérémonie s'est compliquée au fil des siècles, devenant de plus en plus religieuse. À l'origine, elle a pour élément le plus significatif la *colée*, un coup de poing donné sur la nuque, par le parrain du nouveau chevalier. Les éperons dorés que reçoit le nouveau chevalier sont le signe extérieur le plus certain de sa chevalerie.

Alleu : possession, terre ou forteresse, dont on est l'unique propriétaire, sans redevance ni obligation (au contraire du fief, que l'on tient d'un autre seigneur, dont on est le *vassal*).

Arroi : équipage accompagnant un personnage. Le chevalier *désarroyé* (penser à *désarroi*) est celui qui a perdu ses compagnons et son équipement, son intendance.

Atour : toilette, ornement. Au pluriel, tout ce qui sert à la parure des femmes. *Dame d'atours* : femme chargée de présider à la toilette d'une reine, d'une princesse ou autre dame de haut rang.

Bassinet : type de casque pointu muni d'une visière perforée pouvant se rabattre sur le visage.

Banneret : seigneur ayant le pouvoir de rassembler ses vassaux sous sa bannière, afin d'entreprendre une guerre ou un combat.

Barbute : casque laissant libre une partie du visage. Par une découpe en forme de trèfle, la barbute ne laisse souvent voir que les yeux, le nez et la bouche.

Berluseux : mot populaire ; désigne un individu rêveur, perdu dans ses illusions et ses visions.

Bidet : petit cheval de selle utilisé par le *valet* d'un chevalier ; s'il porte les bagages, le bidet est parfois appelé *sommier*.
Voir aussi : *destrier*, *haquenée*, *palefroi*.

Bliaud : tunique d'étoffe mince et fine.

Bretagne : dans les légendes arthuriennes, la Bretagne (ou Grande-Bretagne), c'est l'actuelle Angleterre. La petite Bretagne, c'est l'Armorique, actuelle Bretagne française. La bannière de petite Bretagne, noire et blanche, est ornée d'hermines héraldiques.
Voir : *héraldique*.

Bretteur : celui qui aime se battre à l'épée.

Brigandier : membre d'une bande armée, dont il peut être le chef (ce qui donnera *brigadier*). À l'origine, le mot *brigand* désigne un simple soldat à pied.

Brocard : chevreuil mâle d'un an environ. La femelle s'appelle chevrette.

Broigne : armure primitive constituée d'une tunique de cuir ou d'étoffe garnie de pièces de métal rivetées.

Cana : c'est dans cette ville de Palestine que Jésus transforma de l'eau en vin, au cours d'un repas de noces. Ce fut son premier miracle, raconté par l'Évangile de saint Jean.
Voir : *Seigneur*.

Cathèdre : chaire gothique à haut dossier.

Cendal : étoffe de soie.

Chasse-galerie : chasse nocturne, démoniaque, merveilleuse ou fantastique, qu'on retrouve (sous des noms divers) dans de nombreuses légendes populaires.

Christophe (*saint*) : c'est le saint patron des voyageurs. Selon la légende, Christophe (dont le nom signifie « porte Christ ») porta l'enfant Jésus sur ses épaules pour lui faire traverser une rivière.

Cisemus : fourrure de petit rongeur, très prisée au Moyen Âge.

Colée : voir *adouber.*

Corbenic : le château du Graal, résidence du Roi Méhaignié, oncle de Perceval le Gallois. C'est dans le Palais Aventureux de Corbenic qu'est conservé le Graal.

Courtine : tenture servant de cloison. Au Moyen Âge, les grandes salles de pierre étaient souvent découpées en plusieurs chambres au moyen de *courtines.*

Croisé : celui qui « prenait la croix » pour combattre les infidèles. Tous les participants des deux premières croisades firent coudre une croix rouge sur leur vêtement. Par la suite, seuls les Français conservèrent la croix rouge, les autres nations adoptant d'autres couleurs.

Désaffubler : déshabiller, dévêtir. Le contraire d'*affubler* (agrafer ses vêtements, au moyen d'une fibule). Affublé ne veut pas dire mal vêtu de façon ridicule (sens actuel) mais tout simplement : habillé.

Destrier : cheval de bataille, dit aussi *grand cheval.* Cheval belliqueux mais vite épuisé, on ne le monte qu'au dernier moment. Il ne sert qu'au combat et est amené par l'écuyer, qui le tient à la main droite (*destre*, ou *dextre*), d'où son nom.

Voir aussi : *dextre*, *bidet*, *haquenée*, *palefroi.*

Devise : formule qui accompagne l'écu dans les armoiries. Le *cri* est un signe de ralliement. Poussé par les membres d'une même troupe au combat, il leur permet de se reconnaître entre eux.

Dextre (ou *destre*) : désigne la droite, en opposition à *senestre*, qui désigne la gauche.

Dextrochère : en héraldique, représente sur le blason un bras droit armé d'une épée.
Voir : *héraldique*.

Engin : dans le sens ancien, signifie « ruse, stratagème, perfidie ».

Escarboucle : pierre précieuse, variété de grenat rouge vif qui brille de façon surprenante... même dans les ténèbres, disait-on.

Espadon : grande et large épée à double tranchant, parfois ondulé, qui se manœuvrait à deux mains.

Esplumoir : demeure secrète et mystérieuse de l'enchanteur Merlin, où il trace à la plume, n'en doutons pas, d'étranges formules magiques !

Félon : celui qui agit contre la foi donnée à son seigneur, qui est déloyal, qui trahit l'idéal de la chevalerie.
Voir : *lige*.

Femme : on appelle *dame* une femme de haut rang ; *demoiselle* désigne la naissance noble ou montre une révérence particulière ; *bonne femme* s'emploie pour une femme du peuple dont on reconnaît la qualité (aucune moquerie dans cette expression). *Fillette* ou *pucelle* sert à désigner la jeune fille, tout simplement.

Galimafrée : ragoût de viandes, particulièrement de volailles. La cuisine médiévale « noble » s'organise autour du gibier (venaison) et des épices. Les viandes sont plusieurs fois recuites, de diverses façons (broche, friture, four) en étant à chaque fois assaisonnées et relevées de nombreux condiments et épices. Les vins eux-mêmes sont habituellement mélangés et épicés. Le mot *galimafrée* est devenu synonyme de « mauvais ragoût », après avoir été l'un des mets les plus appréciés au Moyen Âge.

Gaste : dévasté, déserté, ravagé. La *terre gaste*, si fréquente dans les légendes arthuriennes, est le pays de la désolation et de la stérilité, suite à la guerre, aux maléfices, aux malédictions... La région française du Gâtinais garde le souvenir de ce mot, tout comme la Gâtine tourangelle et la Gâtine poitevine.

Georges (*saint*) : ayant, tout comme saint Michel, combattu et vaincu le dragon (symbole du mal et du démon), saint Georges devint un des saints patrons de la chevalerie.

Guivre (ou *vouivre*) : créature chimérique à corps de serpent. Dans de nombreuses légendes, c'est une belle femme qui se change en serpent la nuit venue, pour avaler les humains. On trouvera un exemple de guivre sur l'écusson des automobiles Alfa Romeo.

Hanap : grand vase à boire, en métal, monté sur pied et muni d'un couvercle.

Haquenée : jument de taille moyenne et d'allure douce que montaient les dames, mais qui servait aussi au transport des provisions du chevalier (« haquenée de gobelet »). Le cheval était évidemment primordial pour le chevalier, avec ses différents usages et spécialisations. Ainsi, le *roussin* (ou *roncin*) est tantôt cheval de charge, tantôt cheval « de chevauchée ». C'est habituellement la monture de l'écuyer. Le *coursier* est un palefroi vif et puissant. Le *courtaud* est la monture des archers et des hommes d'armes accompagnant un chevalier.

Voir aussi : *destrier*, *bidet*, *palefroi*.

Hast (« Arme d'hast ») : se dit de toute arme dont le fer est monté sur une longue hampe. La lance est une *arme d'hast*.

Haubert : longue tunique de mailles d'acier tressées. On parle aussi de *cotte de mailles*, expression inconnue du Moyen Âge qui, hormis le *haubert*, connaît la *broigne* (voir ce mot).

Héraldique : science du blason. Sur son écu, le chevalier porte ses *armes* ou *armoiries* qui sont dessinées selon des règles précises. L'héraldique est constituée par l'ensemble de ces règles. Les *armes héraldiques* sont comme une signature, elles identifient chaque chevalier ou gentilhomme. La surface de l'écu s'appelle *champ*, la couleur *émail* ou *métal* (or, argent). Le noir est dit *sable*, le vert : *sinople*, le rouge : *gueules*, le bleu : *azur*. Ce qui est disposé de façon verticale se dit *en pal*.

Lazare : s'agit-il de Lazare ressuscité par Jésus, ou de ce paralytique guéri par miracle auquel il fut dit : « Prends ton lit et marche » ? Notre marchand de reliques se sert de l'Histoire Sainte à sa convenance !

Lige (« Homme lige ») : qui s'est engagé à une fidélité absolue envers son Seigneur. On dit aussi *féal*. Voir : *félon*.

Macabre (*danse*) : représentation allégorique de la Mort entraînant dans une ronde des personnages de toutes conditions. Cette danse des morts fut souvent sculptée sur le fronton des cathédrales ou représentée dans les enluminures. Elle rappelait aux fidèles le destin humain auquel nul ne peut se soustraire. Dans certaines cérémonies religieuses, cette *carole* fut même dansée symboliquement dans les églises.

Madeleine (*Marie-Madeleine*) : une des femmes, pécheresse repentie, qui fut souvent présente dans la vie du Christ. Elle répandit du parfum sur les cheveux et les pieds de Jésus avant sa Passion, et pleura (« comme une Madeleine ») sur la mort du Seigneur.

Maille : au Moyen Âge, la plus petite pièce de monnaie.

Malpertuis : le mot *pertuis* veut dire trou, passage, col (de montagne), rétrécissement d'une rivière. *Malpertuis*, c'est un mauvais endroit où passer (comme *malpassant* ; on dira aussi *maupertuis* ou *maupassant*, qui ont donné des noms de villes ou de familles).

Michel (*saint*) : voir *Georges*.

Moutier : monastère, couvent.

Notre-Seigneur : voir *Seigneur*.

Nourri : le jeune garçon attaché à la suite d'un chevalier (dans l'idée de devenir chevalier à son tour) fait d'abord son apprentissage comme *nourri*, puis *varlet* (ou *écuyer*, quand il aura le droit de porter les armes du chevalier et de lui conduire son *destrier* — voir ce mot). Un *damoiseau* est un jeune noble qui sert à la table des seigneurs. Un *gallois* — serviteur d'un chevalier — n'est pas obligatoirement natif du Pays de Galles.

Orfroi : galon d'or servant à border les bannières, les vêtements, les attaches d'une épée, etc.

Palefroi : cheval de marche (de « chevauchée »), mais aussi cheval de parade, de cérémonie. Au combat, le chevalier « monte sur ses grands chevaux » (voir *destrier*).

Voir aussi : *bidet*, *haquenée*.

Poulaine : la « chaussure » de l'armure s'appelle *soleret*. Elle est terminée en pointe recourbée vers le sol, afin d'éviter les blessures, et on l'appelle *poulaine* (sans rapport avec le cheval puisque... *polonaise*, à l'origine).

Pucelle : voir *femmes*.

Rançon : prix exigé pour délivrer un prisonnier. L'usage médiéval de la rançon fit perdre bien des batailles, car les chevaliers se contentaient trop souvent de capturer quelque seigneur de haut prix avant de quitter immédiatement le champ des combats avec leur précieux captif.

Recréant : se dit d'un chevalier qui a abandonné le combat, a renoncé à l'Aventure, à la Quête.

Reliques : restes, ossements ou objets ayant appartenu à un saint et auxquels s'attache un caractère sacré. Les croisades apportèrent en Europe chrétienne un afflux considérable de reliques plus merveilleuses les unes que les autres (mais dont l'authenticité ne reposait que sur la foi). Une profession nouvelle apparut, celle de *marchand de reliques*.

Saint Denis : martyr chrétien, saint Denis fut décapité à Paris. Il quitta la ville (par la porte Saint-Denis) tenant sa tête entre ses mains. Là où il la déposa, fut créée l'abbaye de Saint-Denis où furent enterrés les rois de France. Les troupes du roi de France avaient pour *cri* de bataille : « Montjoie ! Saint-Denis ! »

Voir : *devise*.

Samaritaine : pécheresse de Samarie à laquelle Jésus demanda qu'elle lui tire de l'eau du puits pour étancher sa soif.

Samit : riche étoffe de soie, d'origine orientale.

Sébastien (*saint*) : martyr chrétien qui fut exécuté à coups de flèches. Saint patron des archers.

Seigneur : le Seigneur que le chevalier doit servir au-dessus et avant tous les autres, c'est Jésus-Christ.

Les épisodes de la vie du Christ sont évidemment très présents dans la civilisation chrétienne médiévale. (Les premières légendes arthuriennes sont celtes et marquées par l'ancienne religion ; Merlin est une sorte de druide ; les usages chrétiens et païens se mélangent.) Dans la *Carole envoûtée*, Nestorius évoque le jour des Rameaux, où Jésus entra triomphalement dans Jérusalem, monté sur une ânesse accompagnée de son petit. Et il fait allusion à d'autres épisodes de la vie du Christ.

Voir aussi : *Cana*, *Lazare*, *Madeleine*, *Samaritaine*.

Senestre : voir *dextre*.

Surcot : corsage ou gilet porté par-dessus la cotte (tunique que portent aussi bien les hommes que les femmes).

Tailloir : plat en bois ou en métal dans lequel on découpe la viande. À cette époque, il n'y a pas d'assiettes sur la table, mais de grandes tranches de pain sur lesquelles on dépose les aliments. On mange avec ses doigts, en s'aidant parfois d'un couteau.

Troussequin : partie arrière et très relevée de la selle. Le port de l'armure et le maniement de la lance amenèrent à remonter l'arçon postérieur de la selle de façon à bien maintenir les reins du cavalier. La *selle à troussequin* est donc liée à un usage bien particulier.

Vêpres : office religieux qui a lieu en fin d'après-midi (vers 18 heures) et qui marque l'achèvement de la journée, avant les complies (21 heures), dernier office avant de se coucher.

Vouivre : voir *guivre*.

Vuidé : vidé. Le *castel vuidé*, c'est le château vide, déserté.

TABLE DES MATIÈRES

Dans la même collection :

Contes et légendes des chevaliers de la Table Ronde
Laurence Camiglieri

Légendes de la Vieille Amérique
William Camus

Contes et récits tirés de *L'Iliade* et de *L'Odyssée*
Contes et récits tirés de *L'Énéide*
G. Chandon

Contes et récits de l'histoire de Carthage
Récits tirés de l'histoire de Rome
Récits tirés de l'histoire de Byzance
Jean Defrasne

Récits tirés de l'histoire grecque
Marguerite Desmurger

Contes et légendes de l'Égypte ancienne
Marguerite Divin

Contes et légendes des pays d'Orient
Charles Dumas

Contes et légendes mythologiques
Émile Genest

Contes et légendes de Babylone et de Perse
Contes et légendes du temps d'Alexandre
Pierre Grimal

Le Premier Livre des Merveilles
Le Second Livre des Merveilles
Nathaniel Hawthorne

Contes et légendes du Moyen Âge français
Marcelle et Georges Huisman

Pocket junior
c'est aussi plus de 150 romans à découvrir

Les quatre filles du Docteur March
Louisa M. Alcott

L'Amérique, pendant la guerre de Sécession : tandis que les États-Unis modernes naissent dans la souffrance des batailles, quatre sœurs intrépides et tendres affrontent la vie en attendant le retour de leur père. Meg, Jo, Beth et Amy : quatre visages désormais inoubliables, pour des millions de lecteurs et de spectateurs.

Anibal
Anne Bragance

Quand ses parents lui annoncent qu'ils vont adopter un petit Péruvien, Edgar croit qu'ils blaguent. Mais Anibal débarque avec sa bouille désarmante, ses crises d'asthme, et peu à peu Edgar craque. Ce petit frère, il se met à l'aimer autant que les fleurs dont il a la passion. À la fin de l'été, Edgar doit partir en pension. Être séparé d'Anibal ? Impossible. C'est la fugue.

Le cri du loup
Melvin Burgess

Ben a commis une grave erreur en révélant à un chasseur qu'il existait encore des loups dans le sud de l'Angleterre. Car ce chasseur est un fanatique, constamment à la recherche de proies inhabituelles. Très vite, l'homme n'a plus qu'une idée en tête : exterminer les loups jusqu'au dernier.

Jésus, le fils du charpentier
Bernard Clavel

Bernard Clavel nous raconte l'histoire de Jésus telle qu'elle lui est apparue au cours de son enfance, avec une pauvre crèche dont, chaque hiver, sa mère tentait de recoller les personnages. À propos de ce texte, l'auteur dit : « Ce qui m'a conduit à écrire ce livre, c'est l'enfant Jésus et ceux qui l'aimaient. Tant de tendresse et tant d'amour, pour aboutir à tant de violence et de cruauté. »

Le prince d'Omeyya
Anthony fon Eisen

La plus blanche des juments galope dans le désert. Son cavalier, le jeune prince d'Omeyya, est poursuivi par les cruels guerriers noirs du calife. Une tendre amie, de vaillants compagnons viennent à son aide. De Bagdad à Cordoue, à travers l'Empire arabe, l'histoire vraie du dernier des Omeyyades.

Histoire d'un conscrit de 1813
Erckmann-Chatrian

Il était jeune, un peu frêle, un peu boiteux, il aimait sa cousine Catherine, ils devaient se marier... Mais Napoléon avait décidé de conquérir le monde. Et c'est par les yeux de Joseph Bertha, le jeune conscrit de 1813, que nous découvrons la face cachée, humaine et souffrante, de l'épopée napoléonienne.

La bille magique
Minfong Ho

Dix ans après, Dara se souvient. Elle a douze ans. Avec sa famille, elle fuit son village natal au Cambodge, ravagé par la guerre. Réfugiée dans un camp à la frontière thaïlandaise, elle se lie d'amitié avec Jantu, une fille de son âge, et la vie reprend ses droits. Mais les combats se rapprochent. Il faut repartir.

Fortune carrée
Joseph Kessel

Aventures folles, combats cruels, chevauchées fantastiques, tempêtes en mer Rouge, attaque de pirates, caravanes dans des déserts de pierre d'une beauté inouïe... Du Yémen au Pays des Issas, deux aventuriers fous de liberté, Igricheff le Russe métissé de Kirghiz, et Mordhom le marin breton, captent notre imagination. Ce roman nous fait découvrir et aimer des pays et des hommes aux antipodes de notre monde civilisé.

L'enfant noir
Camara Laye

Un jeune écrivain de 25 ans décide de raconter son enfance africaine, en Haute-Guinée. Mais, au-delà d'un récit autobiographique, il nous restitue, dans toute sa vérité, la vie quotidienne, les traditions et les coutumes de tout un peuple. Avec cet Enfant noir, *Camara Laye nous offre un livre intemporel plein de finesse et de talent.*

Belliou la Fumée
Jack London

Avec les aventures de Kit Belliou, dit la Fumée, Jack London nous donne une vision souriante de la ruée vers l'or dans le Grand Nord. Malgré les épreuves, Belliou ne connaît jamais ni l'amertume, ni le découragement. Au contraire, son intelligence, sa générosité et son sens de l'humour le sortent des situations les plus désespérées.

Michaël chien de cirque
Jack London

Un chien volé sur une plage des îles Salomon, un perroquet, un steward, un vieux marin, tous compagnons d'infortune à la suite d'un naufrage. Michaël chien de cirque, *un roman d'aventures en forme de protestation contre le dressage des animaux dans les cirques et les music-halls.*

Sans nom ni blason

Jacqueline Mirande

Nous sommes au Moyen Âge. Enfant trouvé dix-huit ans plus tôt, Guillaume semble avoir un destin tout tracé : serf du comte Bérard. Mais ce Bérard est une brute. Guillaume se révolte et doit alors s'enfuir. Sur sa route, il croise le mystérieux Bertrand. En sa compagnie, cette fuite devient vite une quête : Guillaume veut découvrir sa véritable identité.

L'œil du loup

Daniel Pennac

Dans un zoo, un enfant et un vieux loup borgne se fixent, œil dans l'œil. Toute la vie du loup défile au fond de son œil : une vie sauvage en Alaska, une espèce menacée par les hommes. L'œil de l'enfant raconte la vie d'un petit Africain qui a parcouru toute l'Afrique pour survivre, et qui possède un don précieux : celui de conter des histoires qui font rire et rêver…

Cabot-Caboche

Daniel Pennac

Courageux, Le Chien ! Pas joli joli, mais un sacré cabot ! Comme il se bagarre pour vivre ! Ce qu'il cherche ? Une maîtresse. Une vraie, qui l'aime pour de bon. Pomme lui plaît beaucoup, au Chien. Un grand rire, des cheveux comme un soleil… Hélas, elle est tellement capricieuse ! Une vraie caboche, cette Pomme. Comment Le Chien va-t-il l'apprivoiser ?

La vallée des mammouths

Michel Peyramaure

Entrez dans le monde ancestral de la vallée des mammouths. La tribu des Grandes Falaises vous entraîne dans une aventure semée d'embûches, sur les traces de « l'homme qui a fait alliance avec les bêtes ». Un récit mené au rythme de la vie des hommes, dans la vallée de Rouffignac, en Dordogne, à l'époque de la préhistoire.

Le soleil d'Olympie

Jean Séverin

Alors que la guerre vient d'éclater entre Athènes et Sparte, les plus fameux athlètes de la Grèce se préparent aux jeux d'Olympie : parmi eux, le jeune Athénien Philippe rêve de remporter la victoire à la course de chars. Mais avant de parvenir dans l'enceinte sacrée, il va affronter bien des dangers tout en découvrant les tendres chemins de l'amour.

Les patins d'argent

Pierre Jules Stahl

Ils sont pauvres, ils s'aiment tendrement, ils sont frère et sœur, ils se nomment Hans et Gretel et vivent dans la Hollande du milieu du XIXe siècle. Pays faussement tranquille où l'hiver métamorphose canaux et étangs en une immense piste de glissade. Au bout de laquelle, promise au plus rapide, brille une merveilleuse paire de patins d'argent.

Le secret
Jacqueline Woodson

Marie a douze ans. Elle est noire. Sa famille vit dans l'aisance. Lena, elle aussi, a douze ans. Elle est blanche. Et pauvre. Au collège tout le monde la rejette. Sauf Marie. Une amitié profonde, faite de moments de bonheur, de complicité, de confidences. Mais les choses insoutenables que Lena finit par raconter à Marie sont-elles vraiment possibles ? A-t-on le droit de les tenir secrètes ?

Des histoires fantastiques

Un raccourci dans le temps
Madeleine L'Engle

Le sauveur de l'humanité
Terry Pratchett

STAR WARS

La Saga du prince Ken

1. Le gant de Dark Vador
2. La cité perdue des Jedi
3. La vengeance de Zorba le Hutt
4. Le Prophète Suprême du Côté Obscur
5. La Reine de l'Empire
6. Le Destin du Prince Jedi
Paul & Hollace Davids

Les Jeunes Chevaliers Jedi

1. Les enfants de la force
2. Les cadets de l'ombre
3. Génération perdue
4. Les sabres de lumière
5. Le chevalier de la nuit
6. Les Jedi assiégés
Kevin J. Anderson & Rebecca Moesta

Les ombres de l'empire
Christopher Golden

LES AVENTURIERS DU MONDE MAGIQUE

Les aventures de Simon Tregarth

1. L'arche du temps
2. La vallée dans l'ombre
3. L'année de la licorne
4. Les montagnes de l'oubli
5. Kemoc le Prodigieux
Andre Norton

Des histoires qui font frémir

Le voleur d'éternité (Grand Prix de l'Imaginaire 1994)
Clive Barker

C'est une maison extraordinaire où chaque jour est une fête, mais il ne faut pas chercher à s'en évader car, alors, le rêve se transforme en un terrifiant cauchemar.

La solitude du buveur de sang
Annette Curtis Klause

Jamais Zoé ne s'est sentie aussi seule et désemparée. Un soir, elle rencontre Simon...

Sang et chocolat
Annette Curtis Klause

Mi-femme, mi-louve, Vivian oscille entre deux mondes, et ne sait plus auquel elle appartient. Qui est-elle vraiment ?

La fiancée de Frankenstein
Carl Dreadstone

Reprenant ses expériences, le baron Frankenstein donne une compagne à sa créature.

L'appel des loups
Bebe Faas Rice

Leur pays, c'est l'hiver. Le froid, la peur et les légendes. Et aussi les loups qui, dit-on, reviennent tous les treize ans dans le village.

Hypnose
Charles Grant

Qu'arrive-t-il aux adolescents d'Ashford ? Pour Anne, une seule explication : quelqu'un les a hypnotisés !

Les yeux du dragon
Stephen King

Un jeune prince noble et vertueux aux prises avec un magicien diabolique qui veut s'emparer du pouvoir...

Les enfants de Frankenstein. Livre 1. La création
Les enfants de Frankenstein. Livre 2. La revanche
Les enfants de Frankenstein. Livre 3. La malédiction
Richard Pierce

Sara ose tenter l'inconcevable : défier les lois de la nature en essayant de ressusciter son ami.

La falaise maudite (Grand prix de l'Imaginaire 1995)
Christopher Pike

Sharon est accusée d'avoir tué sa meilleure amie. Elle est innocente bien sûr, mais personne ne la croit.

Souvenez-vous de moi
Christopher Pike

La police croit à un accident. Mais pour Shari, il ne peut s'agir que d'un meurtre. Elle est bien placée pour le savoir, c'est elle la victime !

Messages de l'au-delà
S.P. Somtow

J.J. refuse de croire à la mort de son frère. Pour lui, Ben a dû partir vivre ailleurs et bientôt il lui fera signe.

Le cercueil
Barbara Steiner

Il y a quelque chose à l'intérieur. Quelque chose qui aurait survécu à l'enfermement, sur le point de sortir et de se venger.

La baby-sitter
R.L. Stine

Jenny n'aurait jamais dû accepter de garder le petit Donny, surtout dans cette grande maison isolée qui semble sortie tout droit d'un film d'épouvante.

Au bord du précipice
R.L. Stine

Parce qu'elle veut savoir la vérité sur la mort de Louisa, Annie devient la proie d'angoissantes menaces.

Composition : Francisco *Compo*
61290 Longny-au-Perche

Imprimé en France par Brodard et Taupin
La Flèche (Sarthe) le 29-09-99 - n° 6695W

Dépôt légal : septembre 1998

POCKET jeunesse
12, avenue d'Italie • 75627 PARIS Cedex 13
Tél. : 01.44.16.05.00